徳間文庫

渋谷署強行犯係

義闘

今野敏

フルコンタクト制──「当ててみなければわからない」
極真会館総帥・大山倍達氏はその信念のもとに、
実際に相手を突き蹴る試合を行った。
その圧倒的迫力は、新たな空手ファンを生み出した。

1

午前二時を回り、あたりは人気もなく静まりかえっている。

突然、けたたましいエンジンの音が響きわたった。バイクの空吹かしだった。

二台のバイクが空吹かしを繰り返しながら道を蛇行運転している。二台ともタンデムだった。

後ろの座席にすわっているほうが、野卑な大声を上げている。

彼らは丈《たけ》の長い上衣《うわぎ》を着ており、ヘルメットはかぶっていなかった。上衣の二の腕のあたりには日章旗が縫いつけてあり、背には、訳のわからない創作文字が刺繍《ししゅう》してある。

四人ともまだ未成年だった。髪を赤く染めたり、パーマをかけたりしており、ひどく粗暴な感じだった。

彼らは知性だとか品格だとかいうものとは無縁の若者だ。エンジンの空吹かしの騒音に興奮していた。

その一帯は、高級マンションが点在する都心の一等地だった。そういう街の住人は、自分たちの平穏な日常生活が妨げられるのを黙ってはいない。安眠を妨害されたような場合にはことさらに顕著な反応を示す。

腹を立てて警察に通報するのだ。

中流かそれ以上の市民は、警察を頼りにしている。世界中どこの都市でも見られる現象だ。人一倍税金を払っているという意識のせいかもしれない。

たちまちパトカーの威嚇《いかく》的なサイレンが聞こえてきた。

サイレンの音と、バイクの排気音。

その一帯は、いっそう騒々しくなる。二台のバイクは二手に分かれ、パトカーをあざ笑うかのような空吹かしを続ける。

実際、パトカーは、小回りがきき、加速がいい四〇〇CCクラスのバイクを追跡し切れないのだ。

バイクは細い路地を疾走し、パトカーを撒《ま》いてしまった。

二台のバイクは離ればなれになっていたが、アオリのひとつもくれてやれば――つまり派手な空吹かしをやれば、お互いの場所がわかるはずだと思っていた。

一台のバイクが裏路地から、表通りへ出ようとした。

いきなりタンクが大きな音を立てて、ハンドルを握っていた若者が叫んだ。

「うわっ。な、何だ！」

「どうしたんだよ？」

後ろの座席にいた若者が大声で尋ねた。

バイクを止めた。

ハンドルを握っている若者は、前髪をパーマで大きくふくらませ、なおかつそれを上へ持ち上げている。

サイドの髪は、ぴったりと頭の脇《わき》に押しつけていた。

後部座席にすわっている若者は、角刈りにして深い剃《そ》り込みを額両脇に入れている。

前髪を突き出した若者はタンクを見て言った。

「くそったれ。タンクがヘコんでやがる。何かがぶつかったんだ」

「石でも弾《はじ》いたんじゃねえの」

「……んなわけ、ねえだろ。誰かがぶつけたんだよ」

歩道に人影が立っていた。

前髪を突き出した少年は、その影に気がついた。

赤いアポロキャップをかぶり、サングラスをかけ、そのうえ、マスクをかけていた。

黒い皮革製のボンバージャケットに、ストレートのジーパン。やはり、黒い革製のスニーカーをはいている。

この暗がりでは、サングラスの必要な理由はそう多くない。たいていは顔を見られたくないためにかける。

前髪を突き出した少年は精一杯凄《すご》んで言った。

「てめえか、つまんねえまねをしやがったのは……」

サングラスにマスクの男は何もこたえない。ボンバージャケットのポケットに両手を突っ込んで、両足を肩幅に開きひっそりと立っているだけだ。

前髪を突き出したパーマの少年はバイクを降りた。後部座席にいた角刈りの少年もすぐさまそれに続いた。

バイクには木刀がくくりつけてあった。前髪の少年はその木刀を抜いた。柄《つか》の部分にアスレチック・テープを巻いて滑り止めにしてある。

「誰がだよ……」

サングラスにマスクの男は近くで見ると、おそろしく体格がよかった。

身長は一九〇センチ近い。

肩幅が広く、胸が厚い。さらに、腰は引き締まり足が長い。その大腿部《だいたい》はよく発達している。

全体に、たくましいがしなやかなイメージがある。猫科の猛獣を思わせる体格だ。

そういう相手に喧嘩《けんか》を売る者はあまりいない。だが、頭に血が昇っている前髪の突き出た少年はそんなことを気にしていないようだった。

度胸があるわけではない。怒りに度を失っているだけだ。

少年は、サングラスとマスクの男にゆっくりと歩み寄った。暴力専門家の凄みかたをまねしているのだ。

「うらあっ！」

少年は叫ぶと木刀を振り上げ、いきなり打ちかかった。

木刀で殴ると相手がどうなるかなど考えてはいない。こういう連中は、何かが起こってから物事を考えることしかできないのだ。

木刀が空気を切り裂く。

鋭い音が聞こえた。

そのまま木刀が男の頭に叩《たた》き込まれるように見えた。

だが、男はぎりぎりでその木刀をかわしていた。

かわすだけではなく、入身《いりみ》になっていた。男の靴が鳴った。

地面を激しくこすったような音だ。腰を切って足を鋭くひねったせいだった。

そのひねりを利用する形で、男は少年の胸にパンチを見舞った。

ちょうど心臓の位置だ。胃の少し上。胸の中央よりやや左寄りだ。

少年はその一撃で一瞬動きを止めた。

心臓を強打されると、なぜかその時間が空白になる。

男は、しばし棒立ちになっている少年を突き離した。少年はよろよろとあとずさる。

その側頭部に、男は見事なハイキックを見舞った。

少年の頭が、地面に叩きつけられたように見えた。それは理想的な回し蹴《げ》りだった。

回し蹴りは、上から下に振り降ろすような気持ちで蹴るのが本物だ。そういう具合に蹴られると、相手は吹っ飛ぶのではなく、その場で、足もとに叩きつけられるように倒れるのだ。

その一撃で決まりだった。

少年は脳震盪《のうしんとう》を起こしている。木刀が放り出され、アスファルトの歩道の上で大きな音を立てた。

角刈りの少年がその木刀をあわてて拾った。

男は何も言わずにその様子を見ていた。

少年は木刀を両手で握った。腰を曲げ、前傾姿勢で構えている。

なぜか喧嘩に慣れた連中は、こうした前傾姿勢を取る。ナイフなどの得物を持ったときもそうだし、素手で戦う場合もそうだ。

たいていの軍隊で格闘術を学ぶとき、やはりこうした姿勢を取ることが多い。ボクシングのクラウチングスタイルは、こういう構えの延長線上にある。

角刈りの少年はじりじりと距離を計っている。

サングラスとマスクの男は動かなかった。

少年が近づいていく。木刀を振り上げようとしたその瞬間、男の足が一閃《いっせん》した。

ローキックだった。やはり振り降ろすような重い蹴りだ。

まず、膝《ひざ》上外側の急所に一発叩き込む。その一撃で少年は動けなくなった。膝が崩れて倒れそうになる。

男は、すかさずそこへもう一発、ローキックを放った。

膝関節《しつかんせつ》を狙《ねら》っていた。正確にヒットし、少年は悲鳴を上げて地面に転がった。

膝関節が脱臼《だっきゅう》したか、悪くすれば折れている。

バイクの空吹かしの音が近づいてくる。

男は振り返った。

もう一台のバイクがやってきた。バイクを運転しているのは、やはりパーマをかけ、髪を赤く染めた少年だった。

後ろの座席には、剃り込みを入れて同じような形にパーマをかけた少年がいた。頭のてっぺんが平らになり、サイドを後ろに流す。そして前髪を前方に突き出るような形にしたヘアースタイルだ。

「何だ、てめえは！」

赤い髪の少年が威嚇した。

だが、男は動じなかった。彼は、膝をおさえて苦痛にもがいている少年に近づき、側頭部を靴の爪先《つまさき》で蹴った。

少年は眠った。

それを見た赤い髪の少年がバイクを降り、備えつけてある鉄パイプを手に取った。鉄パイプにはやはり滑り止めのテープが巻いてある。

後部座席にいた少年は、落ちていた木刀を目ざとく見つけ、男の様子をうかがいながら、それを拾った。

男は、それでも余裕を持っているように見えた。

赤い髪の少年は言った。

「どういうことか説明してもらおうか、おう」

そう言いながら隙《すき》をうかがっている。

木刀を持った剃り込みの少年は、じりじりと男の後方に回ろうとしていた。

男は体の向きを、その少年の動きに合わせて変えていき、常にふたりの少年が視界に入るようにしていた。

男は何も言わない。

赤い髪の少年はうなるように言った。

「てめえ……。俺たちが『麻布街道覇者《ロードマスター》』だってことを知っててやってんのか」

男はこたえなかったが、その瞬間に、さらに残忍な雰囲気になった気がした。

「うりゃあ！」

突然、木刀を持っていた少年が叫び、打ちかかっていった。

男は、わずかに体を開いただけでそれをかわした。

木刀が音を立てて体のすぐまえを通過する。力の限り打ちかかっていったので、剃り込みのある少年の体は、前方へ流れた。

男は、その後頭部のあたりを、平手で打った。

少年は前のめりになりながら、たたらを踏んだ。

パンチなり蹴りなりを充分に出せる体勢だった。さきほどふたりの少年を倒した手際からすると、男にとってそれは簡単だったに違いない。

だが、男は少年を突き飛ばすにとどめた。おそらくは、すぐに片づけたくはないと思っているのだ。

かといって、残忍な行いを楽しんでいるようでもなかった。

彼は、相手をいたぶることで、無言のメッセージを伝えようとしているのかもしれなかった。

「てめえ……。殺してやる……」

赤い髪の少年が言った。

初めて男が口をきいた。

「そう……。おまえらは、本当に人を殺す」

彼の声は鉄のように冷たかった。「それがどういうことかもわからずにな……」

「うるせえ」

「俺はそういうおまえたちが許せない。だから、ちょっとばかり痛い目にあってもらう」

「でけえ口叩くなよ。『麻布街道覇者《ロードマスター》』の名前はだてじゃねえんだよ」

「俺を恨むなよ。恨むなら、小田島英治《おだじまえいじ》を恨め」

赤い髪の少年はさっと表情を引き締めた。

「てめえ……、ヘッドの名を……」

そのとき、バイクの空吹かしの音が聞こえた。一台ではない。数台のエンジン音が重なり合っている。

自動車の派手なクラクションも聞こえる。それらの音が重なり合って近づいてくる。

赤い髪の少年はふてぶてしい笑いを浮かべた。

彼は言った。

「俺たちゃ団体生活ってものを大切にするんだ。遺言があったら聞いておくぜ」

この道は、彼らのグループの定期路線のようなものなのだろう。二台のバイクは、このあたりを流していて、本隊に合流するつもりだったのだ。

数台のバイクと一台の車が近づいてくるのがライトでわかった。

だが、サングラスの男に慌てた様子は見られなかった。

赤い髪の少年が、剃り込みの少年にうなずきかけた。剃り込みの少年は、サングラスにマスクの男を警戒しながら、車道へ出た。

大きく手を振って、『麻布街道覇者《ロードマスター》』の本隊に合図した。

けたたましい音を立てて、バイクと車がやってきた。停止してもバイクは、エンジンの空吹かしをやめようとしない。

バイクは四台、自動車が一台だった。それぞれ改造のあとが見られる。

剃り込みの少年と、自動車の助手席にいた男の間で短いやりとりがあった。事態はすぐに全員に伝わった。

彼らはバイクを降りてサングラスの男の周囲を取り囲んだ。最後に車からふたりの若者が降りてきた。

車から降りてきたふたりは、明らかに他の若者より格が上だった。筋金入りの悪《ワル》というわけだ。

片方は、パンチパーマに口髭《くちひげ》。もう片方はオールバックに色つきの眼鏡という恰好《かっこう》だ。いっぱしのヤクザ者の出立ちだ。

これで、『麻布街道覇者《ロードマスター》』の総勢は十人になった。たいていの者が手に武器を持っている。木刀、鉄パイプ、スパナ……。

「タコがよ……」

車から降りてきたパンチパーマの若者が吐き捨てるようにつぶやいた。「かまわねえ。殺しちまえ」

赤い髪の少年がその言葉を合図に突っ込んだ。

大声でわめきながら鉄パイプを振り降ろす。本当に叩き殺すのだという凶悪な意志が感じられた。

男は今度は容赦しなかった。サイドステップで鉄パイプをかわすなり、体をひねってボディーブローを脇腹に打ち込んだ。

赤い髪の少年は、ぐえ、という奇妙な声を出し、体をくの字に折り曲げた。顔面が無防備になる。

男は、顔面に狙いすました正拳《せいけん》を叩き込んだ。ぐしゃりと鼻がつぶれ、大きくのけぞる。少年は、そのまま、くたりと地面に崩れ落ちた。

次の瞬間、少年たちがいっせいにかかっていった。その場がダンゴ状態になる。

男の前方から、後ろから、横から木刀や鉄パイプなどが振り降ろされる。

なかには、突いてくる者もいる。すべてをかわすのは不可能だった。男は、木刀で背面を打たれ、脇腹を突かれた。

しかし、彼は、決定的な一撃だけは避けていた。

二の腕や肩口、背中などに木刀が当たる分には致命的なけがにはならない。だが、もし、鉄パイプが、膝や肩などの関節に当たったら、そのとたんに動けなくなる。

これだけの多人数を相手にして、冷静にそういう判断を下せるのは、戦いに慣れていることを物語っている。

そして、男の戦いかたは見事だった。相手を、ほとんど一撃で無力化させている。

相手は複数でも、同時にすべてかかってくるわけではない。誰かが攻めているとき、他の者はそれを見ていることが多い。

つまり、一撃で相手を倒していけば、相手が複数でも負けることはない。しかし、それがなかなかできない。

一発のパンチや蹴りで相手が倒れることのほうがまれなのだ。それが可能なのは、ヘビー級のボクサー並のパンチ力がある場合に限られる。

男は、相手の攻撃をかわしざまにパンチや蹴りを決めていた。あるいは、相手が出てこようという瞬間に決めている。

どちらもカウンターになり、パンチや蹴りの威力は倍増する。一撃で相手を倒せるのはそのせいでもあった。

男には無駄な動きがいっさいなかった。パンチや蹴りの予備動作も小さく、攻撃のあと、体勢が崩れるようなこともなかった。

あっという間に七人が倒れていた。

アスファルトで少年たちが弱々しくもがいている。

車に乗っていたパンチパーマに口髭、そしてオールバックに色つき眼鏡のふたりは、茫《ぼう》然《ぜん》と立ち尽くしていた。

「くそったれ……」

パンチパーマの若者が驚きの表情のまま言った。「化物か……」

ふたりはどうしたらいいか迷っていた。立っているのは彼らを含めて三人だけだった。

そのとき、パトカーのサイレンが聞こえた。二台のバイクを追い回していたパトカーが戻って来たのだ。

「このままで済むと思うな！」

パンチパーマに口髭の少年は言った。その後の彼らの行動は素早かった。

ふたりは車に乗り、ひとりはバイクにまたがった。

まずバイクが飛び出し、続いて車が急発進する。バイクはパトカーのまえで蛇行運転して進路を妨害する。その間に、車が走り去った。

パトカーは追跡を中止して少年たちが倒れている場所へ戻ってきた。

すでにそのときには、アポロキャップにサングラス、マスクをした男の姿はなかった。

2

「初診ですが、お願いします」

その声に顔を上げ、葦沢真理《あしざわまり》は驚いた。

受付の窓口を、腰をかがめてのぞき込んでいる男の体格に圧倒されてしまったのだ。

男はトレーナーにＧパンという姿だが、トレーナーの上に、発達した筋肉がくっきりと浮かび上がっている。

真理は、住所・氏名・年齢などを書き込む用紙を手渡して言った。

「これに書き込んでください」

男は、受付の窓口のまえで書き始めた。

真理はその間、もう一度男を観察した。

ありとあらゆる筋肉が発達している。首が太く、まるでプロレスラーのような体型だ、と真理は思った。

だが、その男の顔はどちらかといえば優しげに見えた。もっと有り体にいえば、気弱そうな印象すらあった。

「これでいいですか？」

おどおどとした調子で男は言った。

真理は紙を見て、事務的な調子でこたえた。

「はい、けっこうです。しばらくお待ちください」

男は、ソファまで歩いていき、すわった。『竜門整体院』の待合室には、その男しかいなかった。

午後はあまり混み合わない。午前中は、老人が集まってきて、待合室で世間話に花を咲かせているが、午後は一時間にひとりかふたり予約が入っている程度だ。

男は、大きな体を窮屈そうに縮めて、ソファにすわっていた。

しばらくすると、施術室のドアが開き、患者が出てきた。

患者は受付でその日の料金を払う。施術には健康保険がきかないので、だいたい一回五千円程度かかる。

院長が施術室から出てきて、事務室へ入っていった。

彼は、ソファにすわる男をちらりと見たが別に何も感じないようだった。ただ、他の患者にするのと同様に、軽く目礼をしただけだ。

院長の名は竜門光一《りゅうもんこういち》。三十一歳という若さだが、整体の腕は確かで、なかなか評判になっている。

この職業は、評判になるとならないのとでは雲泥《うんでい》の差がある。新聞に広告を出すより、口コミがものを言う世界なのだ。

事務室に入って、今施術した患者の記録をつけていると、真理が近づいてきた。

「ね、先生、センセ」

竜門は顔を上げずにこたえた。

「何だ？」

「患者さん、見ました？」

「ああ」

「すごい体格……。何やってるんでしょうね？」

「空手だよ」

「え……？」

「赤間忠《あかまただし》……。修拳会館のチャンピオンだ」

「知ってるんですか、あの人……」

竜門は施術記録を見たままだった。

「有名人だよ。格闘技の世界ではね……。プロレスの団体が組んだ試合にも参加している。格闘技界のスターのひとりになりつつある」

「先生……、格闘技に詳しいんですね……」

竜門は顔を上げた。

洗いっぱなしの髪。何も整髪料をつけていないし、パーマもかけていない。まるで、河童《かっぱ》のような髪型をしている。

いつもうつむき加減で、ぼそぼそと話す。愛想はよくなく、何を考えているかわからないような感じがする。

竜門は真理の顔を見たが、すぐに眼をそらした。書類に視線を戻して言った。

「男なら誰でも多少は格闘技や武道に興味があるもんだよ」

「へえ……。男ならね……」

その言葉には茶目っけがあった。

竜門は立ち上がり、事務室を出た。ぶっきらぼうな感じがするが、いつものことで、真理は慣れっこになっている。

竜門は、施術室の戸口に立って患者に声をかけた。

「赤間さん。どうぞ」

すばらしい体格だ、と竜門は思った。

生まれつき、恵まれた体つきをしている。腰が高く足が長い。そして骨格がしっかりしている。

その恵まれた体を、徹底的に鍛え上げているのだ。男が見て妬《ねた》ましくなるほどの見事な体格だった。

ここまで鍛えるのはたいへんだったろうと竜門は思った。筋肉をつけ、その上に脂肪の層を作る。それを運動で絞り、また肉をつける。その苦しいトレーニングを続けて築き上げたタフな肉体だ。筋肉そのものが、鎧《よろい》となっている。さらに、その上に、薄い脂肪が乗り、クッションの役目をする。

脂肪は、ぎりぎりのときのエネルギー源でもある。

その体はスポーツ選手の体ではなかった。スポーツ選手の体型というのは、一流になればなるほど特殊化されてくる。

特定の運動にだけ都合がいいように、体が発達するからだ。そして、たいてい、一流スポーツ選手の体に脂肪はない。

赤間忠の体は、戦う男の体だ。それも、極限状態でも戦える兵士の体格に近い。

トレーナーの上からでもそれだけのことがわかった。

赤間忠は施術台に腰かけ、緊張しているように見えた。

竜門は事務的に尋ねた。

「どうなさいました？」

「あの……、打ち身とか捻挫《ねんざ》なんかも治療していただけるんでしょうか？」

竜門はうなずいた。

「治りを早くしてさしあげることはできます。ですが、治療という言いかたはしません。私たちは薬を処方することはできないし、ここで使うことも許されていません。あなたの体の治ろうとする力を手助けするだけです」

「はあ……」

竜門が言うことを赤間が理解できたかどうかはわからなかった。

だが、患者が理解しようがしまいが、これは言っておかなければならない。

竜門が行う整体は法律上は医療行為ではない。医業類似行為、または医療類似行為なのだ。

こうした施術は、あん摩マッサージ指圧師、はり師、きゅう師等に関する法律及び柔道整復師法によって細かく定められている。

竜門が行う整体は、「あん摩マッサージ指圧、はり、きゅう及び柔道整復以外の医業類似行為」ということになっている。

早い話が、竜門は医者の領分を決して侵してはいけないのだ。そればかりでなく、あん摩や鍼灸《しんきゅう》、指圧、骨つぎなど免許が必要な療術の縄張りも侵してはならない。

実際、たいていの医者は整体師などの東洋医学従事者を目の仇《かたき》にしている。彼らは「東洋医学」という言葉すら許そうとしない。

整体や漢方などというものは、単なる民間療法であって医学ではあり得ないというのが彼らの言い分だ。

たいへん難しい入学試験を突破し、六年以上も大学に通い、その上で国家試験を受けてやっと医師になることができる。その間、莫大《ばくだい》な費用がかかる。民間療法などに医学を名乗られてはたまらないという気持ちは、そのあたりの感情的な面からもきているようだ。

もちろん、医学の進歩はすばらしい。新薬の効果、さまざまな検査法、そして手術の技術などは医業類似行為従事者のおよぶところではない。

しかし、整形外科医は肩こりや四十肩などを治そうとしない。そうした技術の体系がないのだ。

つまり、役割分担の問題なのだが、まず大部分の医者は、人間の体をいじるのは自分たちだけに与えられた崇高《すうこう》な役割だと信じている。

医者たちは、治療とか症状とか、カルテなどといった言葉を整体師などが使うことを嫌がる。それらの言葉は医者の用語だというわけだ。

医者が嫌がることは厚生省も嫌がる。そして、竜門の整体院のようなところが業務を続けていけるかどうかは、厚生省の判断が大きく影響する。

「どこを捻挫したのですか？」

竜門は余計な説明は意味がないことを知っていた。患者は苦痛を取り去ってほしくてやってくるのだ。彼は施術を始めることにしたのだ。

「手首をちょっと痛めてます。右の手首です。あと、突き指が何カ所か……。左の足首も軽い捻挫です。あと、腰から背中にかけてがひどくこわばっていて……」

竜門はまず赤間の右手を診た。

手首は確かに赤くなっている。おそらく、強い衝撃のせいで、一瞬、亜脱臼を起こしたのだろうと思った。

ひどいのは突き指だった。

薬指と中指の第二関節が大きく腫《は》れ上がり赤黒く変色している。

「足首は……?」

竜門が言うと、赤間は靴下を脱いでジーパンのすそをまくった。

左の足首からくるぶしのあたりにかけてやはり赤く腫れていた。明らかに捻挫だった。

「腰から背中にかけて張りがあるといいましたね」

「ええ。ひどくこわばっている感じで……」

竜門は施術のときに患者に着せるスウェットの上下を取り出して言った。

「では、これに着替えて……」

そう言うと、施術台の手前にあるカーテンを引いた。

竜門は、部屋のなかにある小さな机に向かってすわり、施術の手順を考えた。

捻挫や突き指の治りを早くするのは簡単だ。そのための技術はいくらでもある。

「着替えました」

カーテンのむこうから赤間の声が聞こえた。竜門は椅子から立ち上がり、カーテンを開いた。

「むこうを向いて、足を肩幅に開いて立ってください」

竜門が言うと、赤間は即座に従った。

自然に立った状態で体の歪《ゆが》みを観察する。左右対称の人間はひとりもいない。どこがどれだけ歪んでいるかでその人の日常の行動がだいたいわかる。

赤間の上半身は、ほぼ均等に発達していた。バランスのいいトレーニングの成果だ。俗にパンチングマッスルと呼ばれる広背筋、大円筋、小円筋、棘下《きょっか》筋といった一群の筋肉が特に発達している。つまり、典型的な逆三角形の体型をしているのだ。

背骨にそって触れてみると、なるほど、背骨の両側の筋肉が張っている。特に右側のこりかたがひどい。

骨盤の上端――腸骨稜《ちょうこつりょう》と呼ばれる部分を両側から抑え、骨盤の歪みを測ってみる。やはり右側の腸骨稜が高い。

その張りは、大臀《だいでん》筋を通り、大腿部の後ろから、ふくらはぎ、アキレス腱《けん》まで続いている。

ただの筋肉疲労ではなさそうだった。

竜門は、ふと思いつき、左の肩を触ってみた。

「痛て！」

赤間は小さくつぶやき、体を緊張させた。

「打ち身ですね」

「はい……」

「上半身、脱いでいただけますか?」

赤間はスウェットを脱いだ。

威圧的なほどの筋肉の発達した体が現れる。竜門が目を見張った。

普段、彼は滅多に表情を変えない。物に動じないわけではないのだが、それを外に出さないのが癖になっている。

その竜門が驚きの表情を見せた。

赤間の体格に驚いただけではない。彼の体にできた傷に驚いたのだ。

全身打撲傷だらけだった。赤黒いあざが無数にできている。背に、大きく程度がひどいあざがひとつある。

左の肩口から肩甲骨を通り腸骨陵のあたりまでおよんでいた。

しかも、竜門が見たところ、打撲傷は重なり合ってできていた。一度だけ打った傷ではない。何度も打たれてできた傷だった。

「なるほど、これでは筋肉がひきつるわけだ……」

竜門は言った。

驚いているにもかかわらず、その声は妙に落ち着いていた。

職業意識のせいもあった。

治療する側が驚いたりあわてたりしては患者に不安を与えてしまう。医者の治療でもそうだが、患者が不安でいるのとそうでないのとでは治りかたが違う。竜門のような施術を行う場合はなおさらだ。

患者が施術者を信用していないと、効果は半減する。患者を安心させるのが、施術の第一歩なのだ。

だが、実際それはひどい傷だった。

よくひとりでここまで歩いてきたものだ、と竜門は思っていた。赤間はつくづくタフなのだ。

鍛えていない通常の人間だったら、ベッドから起き上がれずにいるかもしれない。それくらいの傷なのだ。

「どうしてこんなけがを?」

竜門はあくまでもさりげなく尋ねた。

「はあ……」

赤間は弱々しく言った。「自分は空手をやっていまして……。稽古《けいこ》や試合で……、その……」

竜門は赤間のことを、ずいぶんと気弱そうな男だ、と感じていた。こんな男が、格闘技界のニュー・ヒーローなのだろうかとまで思った。

しかし、彼の傷を見てそうでないことがわかった。

傷に気力を奪われているのだ。

普通なら口もきけないはずだ。

「何か大きな試合でもあったのですか？」

「ええ、まあ……」

赤間は、プロレスの興行でリングに上がる。レスラーやキックボクサーなどとも戦うのだ。そして、最近のプロレス団体は、二極分化が進んだ。ショーアップされるか、真剣勝負を売り物にするか、どちらかなのだ。

空手家やキックボクサーなどと興行を打とうとする団体は後者だ。徹底的に実戦にこだわるのだ。

そのため、興行もサーキット形式ではなくイベント形式になっていく。スケジュールを組んで巡業などできないのだ。それでは体がいくつあっても足りない。命にかかわる。

リングの上というのはこういう傷ができるものなのか——竜門は思った。

赤間の体に残された打撲傷は、明らかに固い鈍器によってできたものだ。素手で打ち合ってできたものではない。

竜門はリングで戦った経験などない。だから、何とも言えなかった。

リングでは、空手などの道場に比べ、はるかに障害物が多い。固く張られたロープだって鈍器の代わりにはなるだろう。コーナーの金具、コーナーポストなど固いものはたくさんある。

リングは高いので、そこから落ちるときに角やへりに体を打つことだってあるだろうし、落ちたときに、床に体を打ちつけるかもしれない。

そして、竜門は、例えばキックボクサーのすねの威力を知らない。鍛え抜いたキックボクサーのすねならば、鈍器と同じくらいの打撲傷を残すかもしれないのだ。

「病院へは行きましたか？」

「いえ……。その代わりにここへ来ました。評判がよかったので……。どうせ病院へ行ったって湿布をして終わりでしょう？」

それは確かにそうだ。しかし、整形外科が処方する消炎剤はたいへん効果的なはずだ。

病院へ行きたくない理由でもあるのだろうか？　竜門はふとそう思った。

単に医者が嫌いなのかもしれない。もし、入院させられたら、トレーニングができなくなる。それがつらいということもありうる。

どうでもいい——竜門はすぐにそう思い直した。

病院でなく、私を頼って来たのだ。期待にこたえるように施術をすればいいだけだ。彼はそう考えた。

捻挫や突き指の治りを早めるのは簡単だった。決していためた場所に触れてはいけない。その周囲を調整する方法がある。

簡単に言うと求心性のマッサージだ。つまり、体の末梢《まっしょう》から中心に向かうような方向で行うマッサージで、経絡《けいらく》というより、筋肉にそって行う。

長年にわたって培ったこつもあるのだが、そういう施術で捻挫などは治せる。

問題は打撲傷のほうだった。

これだけ全身にわたって傷があると、体に触れることもできない。背中に張りがあるからといって、背中をマッサージすることもできないのだ。

竜門は、自分が打撲傷を負ったときには、漢方薬を飲んだ。

クチナシの果実、サフランの花柱、シャクヤクの根、トリカブトの根、クズの根、そしてマタタビを独自に調合した薬だ。

だが、それを赤間に処方することは法律で禁じられている。整体師にその資格はないのだ。

竜門は、とにかく、触れることのできる場所を最大限に利用して傷の治りを早めることにした。

腰にさわれなくても首にはさわることができる。頸椎《けいつい》を調整することで腰を治すのも可能だ。

また、後頭骨を触ることで、内臓の働きを高めることもできる。

そして、これはあまり知られていないが、骨折や強度の打ち身は、睾丸《こうがん》の袋と密接な関係がある。女性ならば大陰唇だ。

赤間が望めばそうした施術も可能だ。

とりあえず、その日はさわっても痛くない全身の関節をすべてゆるめた。これだけでずいぶん楽になるはずだ。

今度は、二日の間を置いて様子を見、三日後に来るように言った。

3

「よお、先生いるかい？」

赤ら顔の男がドアを開けるなり言った。グレーの霜降りのスウェット・スーツを着ている。

眼光が鋭く、押し出しの強いタイプだ。どう見ても堅気の人間には見えない。

真理は彼の顔を見て笑顔を見せた。

「こんにちは。先生は施術中よ」

「予約してないけど、いいかな？」

「先生に訊《き》いてみるわ。ちょっと待っててね」

男の名は辰巳吾郎《たつみごろう》。年齢は四十六歳だ。

彼は、警視庁渋谷署刑事捜査課強行犯係の刑事だった。

叩き上げの刑事らしく、日焼けしたいかつい顔をしている。

人生に疲れてしまったような印象を与えるが、その眼はいつも油断なく光っている。

「どうも腰がだるくってな……」

辰巳は言った。

「生活の乱れが腰に来るのよ。新しい奥さんをもらったら？」

辰巳はにやりと笑った。

「女房がいなくなって、腰の調子はよくなったんだよ。ストレスが減ったんだろうな。だから、今さらストレスが増えるようなことはしたくない」

「本気でそう思ってます？」

「そうだな……。真理ちゃんを嫁にできるんなら考え直してもいい」

「あら、あたしなんかを奥さんにしたらたいへんよ。わがままなんだから……。苦労するわよ」

「相手が真理ちゃんなら苦労してもいいな……。おとなは苦労に慣れている」

「苦労を腰に溜《た》め込んでるくせに……」

施術室のドアが開いた。

「どうもありがとうございました」

赤間忠がぎこちなく一礼して施術室から出てきた。

辰巳はその姿を見て茫然としていた。彼もやはり赤間の体格のよさに驚いたのだ。

竜門が書類に書き込むために、事務室へ行こうとした。辰巳に気づいて、目礼した。

真理が竜門に説明した。

「腰の調子がよくないんですって、辰巳さん。予約は入ってなかったんですけど……」

「次の予約は？」

「三時からです。横山さんとこのお嬢さん……」

竜門は時計を見た。あと二十分あった。

「いいだろう」

竜門はそう言うと、赤間忠の施術記録をつけ始めた。

　竜門はうつぶせになった辰巳の腰をゆるやかに左右に揺すっていた。揺らすというのは整体の特徴のひとつでもある。体を揺らすことによって筋肉の張りをゆるめ、関節の可動範囲を広げる。そして、体内に波動を作り、その波動によって歪んだ部分を矯正《きょうせい》していくのだ。

「なあ、先生。ありゃあ何者だい？」

辰巳は施術を受けながら尋ねた。竜門は手を止めようとはしない。

「誰のことです？」

「さっきここから出て行った患者だよ。プロレスラーか何かか？」

「患者の秘密は守らなきゃならないんです。知ってるでしょう」

「そうとんがるなよ。ちょっとした世間話だ。警察官として訊いているわけじゃない」

「空手家ですよ。修拳会館という会派のスター選手です」

「ほう……。フルコンタクト空手だな？」

「知ってるんですか？」

「警察官に格闘技好きは多い。署には空手の選手をやってたのもけっこういるんでな……。耳に入ってくるのさ。修拳会館てのは、源空会から分離独立したんだったよな」

「そう。より実戦的な空手を目指す、というのがたてまえでしたね……。そのために、修拳会館では、グローブをつけて顔面を打ったり、ファウルカップをつけて金的を狙う技も取り入れました」

「さっきのは、何ていう選手だ？」

「赤間忠です」

「赤間忠！　聞いたことがあるな……。ＮＭＣのリングに上がってる選手だよな……」

ＮＭＣは、日本マーシャルアーツ・コミッション——プロレスを基本にすえた格闘技団体だ。

「……詳しいですね……」

「教えてやろう。刑事は何でも知ってるんだ」

竜門は、辰巳の背中をほぐしにかかっていた。

竜門は言った。

「もっとまめに通ってくれないと、腰はよくなりませんよ。そう……、せめて十日に一度くらいは……」

「わかってるんだが、なかなかな……。こうして非番の日に暇を見つけてやってくるのがやっとだ……」

「それも、たいていは、施術が目的ではなく、何かを訊きに来る……」

辰巳は首をひねって竜門の顔を見ようとした。だが竜門は辰巳の体をおさえ、それを許さなかった。

「考え過ぎだよ先生」

「そうですかね……」

「俺は世間話をしたいだけだ。民主警察は市民とのコミュニケーションを大切にする」

「きょうはどんな世間話をしにやってきたんです」

「かなわねえな……」

辰巳は笑って見せた。竜門は肩甲骨の調整を始めた。辰巳は言った。「『族狩り』が出てな……」

「『族狩り』……？」

「新聞、読んでねえのかい？」

「すべての記事に眼を通すわけじゃありません」

「ここんとこ、かなりの頻度で出没してる。ゆうべは、ちょっとばかしでかい騒ぎになってな……。悪ガキが九人、ぶちのめされた。それが、まずいことに、広尾《ひろお》と東《ひがし》の間の駒沢通りで起きた。つまり、渋谷署の管内なんだ。もうちょっとむこうで起きてくれりゃ、麻布署の案件だったんだがな……」

「そう言いながら、実はよろこんでいる……」

「俺が……？　どうしてそう思う？」

「あなたは、見かけによらず、仕事熱心です。ぎりぎりのところで麻布署の事件になったら、あなたは口惜《くや》しがるはずなんです」

「どうかな……。それで、先生は昨夜の乱闘について何か知らないかと思ってな」

竜門は心底びっくりした。

決して止まるはずのない施術の手が止まってしまった。

「どうして、僕が何か知ってるなんて思ったんです？」

「先生はいつも、奇妙なことを知っている。なに、特別なことじゃない。刑事の質問なんざ、絨毯《じゅうたん》爆撃みたいなもんだ。針の先ほどでも手がかりが得られる可能性があれば話を聞きに出向くんだ。刑事ってのは勘で動いてるなんて思われがちだがね、大きな間違いだ。俺たちゃ、犬みたいに何でも嗅《か》いでみるんだ。本当に何でもな……」

竜門は施術を再開した。

「それにしても、僕にそんなことを尋ねるのは的外れですね……」

「気にせんでくれ」

「刑事に痛くもない腹をさぐられて気にせずにいられる人間がいると思いますか?」

「すまねえな。だが、先生。言ってみりゃ、こいつはあんたの身から出た錆《さび》でもあるんだ」

「なぜです?」

「先生は強い。そして、正義感も強い」

「誰がそんなことを言ったんです?」

「この俺がそう思ったのさ。常心流とかいう武道の免許皆伝なんだろう? 一時期は武道家として生きようと思ったことがあると言ってたじゃないか。つまり、並の腕じゃあないってことだ」

「僕が武術に夢中になっていたのはもう昔の話ですよ」

「ゆうべ現れた『族狩り』ってのがけっこう凄腕《すごうで》でな、先生。暴走族のガキどもが、九人もやられてたそうだ。やったのはたったひとり。ガキどものうち大半はまだ病院でうなってる。ま、あいつらにはいい薬だろうがね……」

「あおむけになってください……」

「なあ、先生。参考までに聞かせてくれ。先生なら、九人もの悪ガキを相手にできるかい？」

「さあ……」

「九人だ……。しかも、ガキどもは武器を持っていた。鉄パイプや木刀なんかだ……。普通の人間じゃとてもかなわない。袋叩きにされるのがオチだ」

「そうでしょうね……」

竜門は気のない返事をしていた。

「鉄パイプや木刀を持った暴走族九人を相手に渡り合うやつなんて、ちょっと想像できねえよなあ……」

辰巳はふと思いついたように言った。「先生、あの赤間忠なら、それくらいの芸当はできるよな」

竜門は、赤間の全身にあった打撲傷を思い出した。

固い鈍器によってできた打撲傷。

ちょうど鉄パイプや木刀のような鈍器によって――。

だが、竜門はその想像をすぐに打ち消した。彼は言った。

「そう赤間選手くらいになれば、やれるかもしれません。しかし、赤間忠選手は、最もそういうことがやりにくい立場にあるはずです」

「空手をやってるからか？　言っとくが、先生、空手の有段者は凶器を持っているのと同じ扱いになるっていうのは単なる俗説で、真っ赤な嘘《うそ》だぜ」

「あの人は、格闘技でメシを食ってるんです。もし街中《まちなか》で喧嘩でもして、それがスキャンダルになったら命取りですよ」

「なるほどな……」

竜門が首のうしろに指を差し込んでマッサージし始めると、辰巳は心地よさそうに目を閉じた。

首の筋肉がほぐれたところで、ひねりを加えながら牽引《けんいん》をかけ、頸椎を矯正する。

このとき、骨が音を立てるので、驚く患者もいるが、辰巳は慣れているため、あいかわらず心地よさそうな顔をしている。

「それに、ですね」

竜門が言った。「武器を持った集団にひとりで向かっていくなんて、ただ正義感が強いだけじゃできないんですよ」

「ほう……？」

「相手がふたりだっていやなものです。武器を持った柄の悪いのが九人もいたら、たいていは気が萎《な》えて、どうしたらそこから逃げ出せるかを考えるものです。向かっていくとしたら、よっぽど強い動機があったはずですね」

「先生……。きょうはやけによくしゃべるね」

「世間話をしたがっていたのは、あなたじゃないですか……」

「まるで赤間を弁護しているみたいに聞こえるんだが、気のせいかな?」

竜門は辰巳の指摘が、ひょっとしたら正しいのではないかと、自分でも疑ってみた。

そんな理由はないはずなのだが……。

「そう。気のせいですよ」

「強い動機か……」

辰巳はひとりごとのように言った。「例えば怨恨《えんこん》……」

竜門はこたえなかった。

辰巳を横臥《おうが》させ、腰にひねりを加えて腰椎《ようつい》の矯正をする。

それを最後に施術を終えた。

辰巳は起き上がり、目をしばたたいた。

「おお……、すっかり具合がよくなった。さすがだな、先生」

「あまり疲労をためないことです」

「一度、病院で椎間板《ついかんばん》ヘルニアだと言われた。外科医の話だと、切らなきゃ治らんということだったが……」

「椎間板ヘルニアというのは症状のことではなく、ある状態のことをいうのですよ」

「どういうことだい？」

「椎間板というのは、椎骨と椎骨の間にある軟骨のことです。これがクッションの役目をしているのです。三十歳を過ぎるころから、この椎間板の弾力がなくなって横にはみ出るようになるわけです。前方にはみ出る分には、何も症状が出ません。だから、それを問題にする人はいません。横や後方にはみ出ると、背骨にそって走っている神経を圧迫することになります。そうすると、腰痛、座骨神経痛、下肢のしびれなどの症状が出る。そのときに、椎間板ヘルニアだといって大騒ぎするわけです」

「俺《おら》あ、椎間板ヘルニアなどと言われるとたいそうな病気のような気がしていたが、そうじゃないんだ？」

「決して珍しいものじゃありません。どんなに椎間板がはみ出していても、ちょっと神経からずれるだけで痛みは嘘のようになくなるのです。そうなれば別に放っておいてもいいわけですよ。正確に言うと、椎間板ヘルニアというのは病名ではありません。腰痛や下肢のしびれがあり、その原因が椎間板のヘルニア状態らしい——そういう言い方が一番正しいのです」

「だが、病院では、あたかも重症のようにそれを病名として使う……」

「病名をつけないと保険の点数がもらえないからですよ」

「手術の必要もない？」

「ほとんどの場合、ありません」

「たまげたな……」

「ただ、ヘルニア状態の腰椎は正常なものに比べ、可動性も小さくなっていますので、施術には充分な注意が必要ですね。経過を見ながら、根気よく治していくのが肝腎《かんじん》です」

「先生の口は仕事のことになるとよく回る」

「どういう状態なのか、患者さんに詳しく説明してさしあげるのも施術の一環です。自分の体をちゃんと理解していると、治りも早い」

「私生活になると驚くほど口が固いのにな……。あんたの患者や真理ちゃんは、あんたが常心流という武道の達人であることすら知らない」

「知る必要がないのですよ」

辰巳は理解できないという表情で小さくかぶりを振った。

「なあ、先生。人を受け容れない限り、決して受け容れてはもらえないもんだぜ」

竜門は何も言わない。

辰巳は、もう一度小さくかぶりを振って施術室を出た。

竜門は、ひとり施術室に残って考えていた。

自分はなぜ赤間忠を弁護しなければならないような気になったのだろう?

辰巳の言ったことは、まったく思いつきに過ぎず、何の根拠もないものだった。そのいいかげんさに腹が立ったのかもしれない。

同じ空手をやる者として、赤間を無条件にかばいたくなったのかもしれない。

常心流は六尺棒などの武器術も行う総合武道だが、空手が体術の基本になっている。源流は喜屋武朝徳《きゃんちょうとく》の沖縄少林流だ。

確かに辰巳の言動は不愉快だった。辰巳は竜門から何かを聞き出そうとここにやってきたのだ。

もちろん辰巳も、『族狩り』が竜門のしわざだ、などとは思っていないだろう。何か参考になることが聞けやしないだろうか――その程度の思いつきでやってきたのだ。

だから、彼は勤務中にでなく、非番の日にやってきたのだ。彼が言ったとおり、世間話程度のものだったかもしれない。

だが、それでも竜門にとっては面白くなかった。

辰巳が自分のことを情報屋か何かのように扱っているような気がしたのだ。

辰巳はさらに、待合室で見かけた赤間忠に嫌疑をかけるようなことまで言い出した。赤間と辰巳はその場にたまたま居合わせただけだ。

待合室で会うまで、辰巳は赤間のことなど考えたことすらなかっただろう。

だが、そのとき、辰巳の頭のなかは、ゆうべ自分の署の管内で起きた『族狩り』事件のことがあった。

広尾に出没した『族狩り』は、たったひとりで得物を持った九人の少年を倒した。信じがたいほどの強さだ。

辰巳はその事件の詳細を聞いたとき、驚いたに違いない。そして、待合室で赤間を見てそのプロレスラーのような威圧的な体型に驚いた。

そのふたつの驚きは、きわめて種類が似かよっていた。

辰巳のなかで、ひとつの仮定が生まれた。

もし、赤間忠ほどの空手家なら、武器を持った九人の少年を相手に立ち回りを演ずることも可能だろう——それは辰巳の心のなかでは自然な流れだった。

しかし、竜門には心外だった。武道や格闘技をやっているというだけで、暴力沙汰《ざた》が起こるたびに疑われていたのではたまらない。

私は武道、格闘技をやる同志として赤間を弁護しようとしたのだ――竜門はそう思った。

だが、その一方で、ただそれだけでは納得しない自分に気づいた。

彼はまた考えた。

赤間はあれだけのけがをして、なぜ病院に行かなかったのだろう。

腰痛やしつこい肩こり、四十肩・五十肩といった疾患なら、鍼灸・マッサージや整体へやってくる気持ちもわかる。骨折なら、柔道整復師のもとに駆けつける人もいるだろう。

だが、全身にひどい打撲傷がある場合、通常、人は病院へ行くものだ。病院では湿布をするのが関の山だが、一般の人は治療そのものよりもレントゲンによる検査を重視するはずだ。

その点が竜門の心にひっかかった。

もしかしたら、赤間は病院に行きたくない理由があるのではないか?

だが、さきほどと同じく竜門はその考えを打ち消した。

彼は心のなかでつぶやいた。――これでは辰巳刑事と同じではないか……。

竜門は事務室へ行き、次の施術の準備を始めることにした。

4

その夜、小田島英治は新しいキャブレターの調子を見るために、軽く街中を流すつもりでいた。

彼が住む広尾のマンションのまえに、ふたりの仲間がやってきた。夜の十一時を少し回っている。

彼らのバイクは、そのあたりの静寂が耐えがたく不愉快だといわんばかりに、排気音を響かせている。

小田島はまだ部屋から降りてこない。

仲間のひとりは、パンチパーマに口髭を生やしている。『族狩り』が出たとき、車に乗っていたうちのひとりが彼だった。

ヤクザのような出立《いでた》ちのその少年の名は、谷岡和彦《たにおかかずひこ》といった。

もうひとりは、あの夜、現場にはいなかった。ヘッドの小田島とふたりで流していたのだ。

その少年は、リーゼントにサイドを固めたあと、前髪の色を抜いていた。頭上に、赤い毛が盛り上がった感じがする。

こちらの少年は金子定男《かねこさだお》という名だった。

「いい音でアオリくれてるじゃねえか」

金子定男が谷岡和彦に言った。

谷岡はこたえた。

「バンス・アンド・ハインズのメガホンマフラーよ。気合いだぜ」

だが、谷岡和彦は明らかに、虚勢を張っていた。

彼は、『族狩り』を目撃した。

九人の仲間をたったひとりで叩きのめした男――しかも仲間は得物を持っており、やつは素手だった……。

金子定男はそれに気づいていた。

彼は谷岡にわからぬように、そっと鼻で笑った。

九人の仲間が病院送りになったのは確かに大事《おおごと》だ。相手がたったひとりだというのも問題だった。

しかし、金子は少なくとも自分はおびえていないという自信があった。

谷岡は普段から、気合いがどうの、根性がどうのとうるさいくらいに強調したがるタイプだ。それが今、情けないことにすくみ上がっている。

実際に、目のまえで『族狩り』を見た谷岡とそうでない金子とでは差が出て当然だった。

だが、そのことに金子は気づいていない。

「けどよ……」

金子が言った。「そのふざけた野郎が、小田島くんの名前を出したってのは本当なのか？」

「ああ、はっきりと聞いたよ」

「そのこと、小田島くんに言ったのか？」

「もち、伝えたよ」

「……で？」

「面白がってた……」

金子は満足げに、にやりと笑った。

「やっぱりな。小田島くんは根性入ってんだよ。ムショ帰りだからな……」

彼らは、同等かそれ以下の者は呼び捨てにするが、自分より少しばかり位が上の者を「くん」づけで呼ぶ習慣がある。さらに、貫目が上になると「さん」づけになる。

金子が「小田島くん」と呼ぶことが、ふたりの関係を説明している。金子は小田島のことを上だと認めているが、ふたりはかなり親しいということがわかる。

「おめえにはわかんねえんだよ」

谷岡は苛立《いらだ》った調子で言った。

「なに、びびってんだよ。小田島くんの力、知ってんだろ？　出所祝いの集会、忘れたのかよ」

「忘れちゃいねえよ……」

「仲間が仲間を呼び集め、二百台も集合したんだ」

「わかってるよ。小田島くんはたいしたものさ。だけど……」

「だけど、何だよ？」

「おまえは、あいつを見てねえ……」

「ばーか。二百台だぜ、二百台！」

しかし、谷岡は、二百台すべてが小田島のために命を張るわけではないことを知っていた。

集会があるというだけで面白がってやってくる連中も少なくない。

小田島の直の命令が届くのは、そのうち五十台がいいところだろうと谷岡は踏んでいた。

金子もそれを承知していないわけではない。彼の発言はいわば景気づけのようなものだった。

　五十台の兵隊でも充分に心強いはずだった。だが、谷岡は、九人の仲間を素手で倒されたショックからまだ醒《さ》めていないのだ。

「おい、来たぜ」

　金子が顎《あご》でマンションの玄関のほうを示した。

　小田島が、黒っぽいジャンパーに、だぶだぶのズボンという出立ちで現れた。ズボンはすそに向かって細く絞ってある。

　暴走族にしてはひどく地味な出立ちだった。頭髪は短く刈ってある。いわゆる坊主刈りに近い。

　服役中に丸坊主に刈られた髪を、伸ばし始めたところだ。

「オーッス、小田島くん」

　金子が声をかける。

　小田島は、小さくうなずき返しただけだ。まるでまぶしいような眼つきで、意味ありげに周囲を見回す。

　彼は自分のバイクにまたがると、エンジン・キーを差し込んでひねった。一発でエンジンが目覚めた。

ひどく野太い排気音が響き渡る。

小田島は、スロットルを小刻みにひねり、エンジンの回転を断続的に上げていく。けたたましい排気音がする。

「ひょう。さすがデビル管！　いい音だ！」

金子が言う。

「キャブのセッティング試すからよ」

奇妙な静かさを感じさせる独特の声音で小田島が言う。「六本木抜けて、晴海《はるみ》まで流すぞ」

「わかった」

金子がうなずく。

小田島は、谷岡を見た。谷岡の様子がちょっとおかしいのに気づいた。

彼は、説明を求める表情で金子を見た。金子が言った。

「こいつ、例の病院送りの件でブルッちまってるんですよ」

小田島は、ゆっくりと谷岡に視線を移した。嘲笑《ちょうしょう》しているような表情だった。

彼は、常に、他人を蔑《さげす》むような態度を取る。幼い頃からずっとそうなのだ。

谷岡は、ふてくされたように言った。

「ブルッてなんかいねえよ。ただ、警戒したほうがよかねえかと思ってよ……」

「警戒か……？」

小田島が面白そうに笑った。

「いけねえかよ。やつは、はっきりと小田島くんの名前を言ったんだ。このところ、あちこちで起きてる『族狩り』事件はやつのしわざかもしれねえ。そして、やつの狙いは、小田島くんかもしれねえ……」

小田島は、面白がるような表情を変えようとはしなかった。

その顔を見ているうちに、谷岡は、自分がひどくつまらないことを言っているような気がしてきた。

小田島はクラッチ・レバーを握り、ギアを入れた。

「おめえ、楽しいこと考えるな……」

彼は谷岡にそう言うと、スロットルを開け、飛び出すように発進した。

金子と谷岡はあわててそのあとを追った。

三台のバイクは、エンジンの空吹かしの音を響かせながら駒沢通りへと出ていった。

二度、パトカーの追跡を振り切り、彼らは晴海埠頭《ふとう》へやってきた。

金子と谷岡が、他のグループに対してにらみを利かす。このあたりにたむろしているグループのなかには、小田島の出所祝い集会に参加したものもある。

彼らは『出所祝い集会』などと言っているが、おおっぴらにそんな集会が開けるはずはない。集会は別の名目で開いたのだった。

しかし、小田島がこのあたりの有名人であることに変わりはない。

小田島は出所してからは、一度も集団の暴走行為に加わっていない。

こうして、二台かせいぜい三台で街中を流すだけだ。入獄中に心を入れ替えたわけではなく、そうしていないと、たちまち監獄に逆戻りしてしまうからだ。

埠頭でバイクを駐《と》め、友好関係にある他のグループと声をかけ合ったりする。

もっとも、声を交すのは金子と谷岡の役目で、小田島はうしろにひっそりとひかえているだけだ。

小田島の胸ポケットで、携帯電話のベルが鳴った。

「はい……」

小田島は、いつも電話に出るとそれだけしか言わない。

聞き慣れた声が聞こえてきた。

「小田島くん？　牧《まき》だけど」

牧誠一《せいいち》は、『族狩り』にあった夜、谷岡といっしょに四輪《ヨツワ》に乗っていた少年だった。オールバックに髪を固め、淡い色のサングラスをかけた少年だ。

牧誠一は妙にうれしそうな声をしていた。

「何だ？」

「BMW《ベンベー》で新宿まで足伸ばしたら、生きのいいのが二匹釣れたんだ」

「女か……？」

「恵比寿《えびす》のアジトに連れ込んどくからさ……」

「わかった……」

小田島は表情を変えない。電話を切ると、物静かな声音で、谷岡と金子に言った。

「恵比寿へ行くぞ。パーティーだ」

牧とその仲間ふたりが、女子高校生二名を連れ込んだのは、恵比寿にある分譲マンションの一室だった。

リビングルームには、応接セットがあり、ベッドルームには、ダブルサイズのベッドが置いてあった。

牧は、サイドボードからウイスキーのボトルを出してきた。

「飲もうぜ」

ふたりの女子高校生は、実のところ、泊まるところに困っていた。近郊の都市から新宿へ遊びに来てそのまま深夜まではめを外してしまったのだ。

彼女らは、不良とかツッパリと呼ばれる類《たぐい》の仲間ではない。ごく普通の高校生だ。新宿の歌舞伎町あたりで深夜まで友人と酒を飲んで楽しむ。それでも、普通の高校生なのだ。

彼らは背伸びをしてそういう遊びをするわけではない。買い物に出かけたり、映画を見たりするのと、ほとんど同じ感覚で飲みに出かけるのだ。

そういうときには、ちょっとしたスリルを期待しているものだ。ナンパを楽しむというわけだ。

男は女をナンパし、女は男に誘いをかける。たいていは、たわいないゲームで終わる。運がよければそれでカップルが誕生することがある。

しかし、危険が待ちかまえていることも多いのだ。

女子高校生たちはふたりとも美人とはいえないが、年相応の愛らしい顔立ちをしている。牧たちは場を盛り上げた。五人の少年少女は酒を飲んで騒いだ。

このマンションの一室は、牧の父親がかつて愛人に買ってやったものだった。そのことが明るみに出て、牧誠一の母親はその女をマンションから追い出した。

だが、バブル景気ははじけ、都心の分譲マンションは値崩れを起こし、売るに売れなくなったのだ。

母親はその部屋を誠一に与えた。牧誠一は、その部屋を、不良仲間のアジトとして利用しているのだ。牧誠一の両親は資産家で、そのくらいの部屋のひとつやふたつ、どうということはないのだった。

ドアチャイムが鳴り、牧が玄関のドアを開けた。

「早かったね……」

牧は言った。

小田島たち三人が到着したのだ。牧は意味ありげな笑いを浮かべた。

小田島はひどく冷めた表情だったが、谷岡と金子は牧にこたえて笑いを返した。

少年が六名に増えた。女子高校生は、急に不安になった。

片方の少女が言った。

「あたしたち、帰る……」

牧が言う。

「帰るって、どこに帰るんだ?」

「とにかく、帰る……」

「そうはいくかよ……」

ふたりの少女は、少年たちの意図を悟ったが、それでもまだ、自分たちの身にそんなことが起こるはずはないと思っていた。

誰かが、冗談だ、と言って笑い出すはずだと期待していた。あるいは、ちょっと怒ってみせれば、男たちは機嫌を取り始めるはずだと高をくくっていた。

「パーティーの本番はこれからだ」

牧が言った。

小田島は、仲間が作ったウイスキーの水割りを受け取り、飲み始めた。

「何すんのよ」

男たちが近寄ってきたので、少女たちは怒って見せた。「大声出すからね」

「出せよ」

牧が言う。「どうってことねえさ」

いきなり少女の片方が立ち上がって、ドアへ向かおうとした。

「おおっと……」

少年たちは、その少女をつかまえた。

「やめてよ、放してよ。帰るんだから」

三人の少年がその少女をベッドへ引きずっていった。

少女はあばれ、叫んだ。

だが三人の少年たちは、かまわずに少女の服を脱がしていった。

その様子を、残った三人の少年——小田島、金子、谷岡が眺めている。そして、もうひとりの少女も、両手を口に当て、訳のわからぬ叫び声を上げながら見ていた。

その少女が逃げ出したり、あばれたりしないように、金子と谷岡が抑えつけている。

「やだ、やだ、やめて、放してよ！」

ベッドの上の少女はわめいていた。やがて、彼女は下着だけにされた。

牧が言った。

「待て待て……。最後のを取るのは、小田島くんの仕事だよ」

牧は、ベッドの上で少女を抑えつけながら、小田島のほうを見た。

小田島は無言で立ち上がり、ベッドに歩み寄る。

彼は小さな下着だけの少女を見降ろした。三人の少年が少女の手足をつかんでいる。

少女はすでに泣き出していた。

小田島は少女におおいかぶさった。

少女は、罵《のの》りの言葉を吐いた。

その罵りが、叫びに変わり、悲鳴に変わった。やがて、号泣になったが、その後、静かになっていった。

小田島は、少女の上でせわしなく動いた。

それを見ていた少女は、今起こっていることが信じられないというように茫然としていた。彼女も涙を流している。

少年たちは、一度に両方の少女を襲おうとはしなかった。そのほうが、楽しさが増すのだ。

自分たちが手を下していないときに、見物して楽しむこともできるのだ。

少女たちにしてみれば、そのほうが絶望感が大きい。

小田島が済むと、残った三人が代わるがわる犯した。

ひとりの少女が終わると、もうひとりの番だった。

今度は、谷岡と金子が服を脱がせ始めた。女があばれると、金子は容赦なく顔を殴った。

「面倒だ。下着はやぶいちまえ！」

金子が言う。

少女の悲鳴に混じって、薄い生地を裂く音が聞こえる。

先に犯された少女はぐったりして、放心したようになっている。ショックのあまり無反応になっているのだ。

「ほうら、裸ん坊だ……」

金子が笑いながら言う。

少女は泣きわめく。

「さ、小田島くん。早く……」

こちらも、まず、小田島が済ませてから、というわけだ。

エネルギーの絶頂期にある彼らは、たて続けに二度くらい平気だ。

小田島は、今度は時間をかけて楽しんだ。少女は苦痛のうめき声を洩《も》らす。

ようやく小田島が果てると、今度は金子が、そして、谷岡が犯した。

少女は地獄のような時間が永遠に続くような気がしていた。

谷岡が終えたとき、彼女は体にまったく力が入らなくなっていた。何も考えたくなかった。

だが、それで終わりではなかった。

今度は、先に輪姦《りんかん》した三人が、彼女のところへやってきた。

入れ代わりで犯すのだ。

今度は、ふたり同時に犯された。

彼女は、徐々に頭のなかが白くなっていくような気がしていた。下半身の不快感と苦痛がいったい何なのか、わからなくなりそうだった。

いったい、あたしは、今、何をされているのだろう……。

少年たちの凌辱《りょうじょく》は夜が明けるまで続いた。

代わる代わる、何回犯されたかわからない。

すでに、彼女の頭は思考を中断していた。あまりの衝撃に自我が崩壊しそうなので、一切を遮断したのだ。

知らぬうちに、彼女は、細い声で、何かの歌を歌い始めていた。

子供のように舌足らずな歌いかただった。

「早いとこ、放り出しとけ」

小田島が少女たちを見て言い、部屋を出て行った。

5

環七と国道二四六の交差点——上馬《かみうま》の交差点を、二台のバイクが通り過ぎる。

二台ともタンデムで、バイクに乗っている四人はヘルメットをかぶっていない。

例によって、派手な空吹かしの音を立てている。

夜中の二時近くだった。

二台のバイクは環七を大森方面に向かっている。上馬からふたつ目の信号を左へ折れた。

『野沢龍雲寺』という交差点だった。

その道は二車線で、野沢、下馬といった世田谷区の住宅街のなかを通っている。

『野沢龍雲寺』を曲がってしばらくすると、右手に教会がある信号が見えてくる。

そこで、また一台のバイクと合流した。

三台、計五人の暴走族は、やかましい音を立てながら、住宅街を走り抜け、下馬一丁目の交差点に差しかかる。

三台のやかましいバイクは、赤信号に変わったにもかかわらず、右折した。

人通りはなく、車もほとんど走っていない。町は寝静まっているのだ。

やがて、彼らは駒沢通りに出る。駒沢通りを恵比寿の方向に進んだ。
祐天寺を越えたあたりから、一台の車が三台のバイクの後方に現れた。目立たない車だ。
何代か前のシビックのようだった。
日本車にはデザインという概念がきわめて貧弱なため、車の特徴が曖昧《あいまい》だ。ニッサンの
スカイラインやフェアレディZ、ニュー・シルビアなどは例外的な車だ。
古い型のシビックは、濃紺だったが、暗いために黒く見えた。
どこから現れたのかわからないが、三台のバイクは、空吹かしをしたり、蛇行運転をし
たりで、速度があまり出ていないので、はるか後方から追いついたのだろうと、暴走族た
ちは思った。
三台のバイクがどんな連中かは一目でわかるはずだった。たいていのドライバーは、こ
んな連中と関わり合いになろうとは思わない。
左に折れる道を見つけ、回り道してやり過ごすか、別の経路を探そうとする。
案の定、三台のバイクは故意にスピードを落とし、道いっぱいに蛇行運転を始めた。
暴走族は五人。シビックは一台だ。
こうした場合、まっとうな神経の持ち主なら、怒りと同時に、困惑し、恐怖を感じるは
ずだ。

そして、おとなしくしているに限るという結論に達するのだ。

しかし、シビックの運転手は違っていた。

パッシングをしたのだ。

上向きのメーン・ライトを点滅させるのだ。これは、高速道路などで、「道を譲れ」という合図に使われる。

もっと露骨な言いかたをすれば「邪魔だ！」という合図なのだ。

暴走族に対してパッシングをするなどというのは、顔面にビンタを張るくらいにはっきりとした挑戦だ。

三台のバイクは、いっそう速度をゆるめて激しく蛇行運転を始めた。

シビックはクラクションを鳴らした。

パッシングなどは比べものにならない挑発だ。

一台のバイクが、スピードをゆるめ、シビックの右脇についた。シビックの運転席には違法の黒っぽいフィルムが張ってあり、なかは見えなかった。

バイクの後部座席にいた少年が、シビックの運転席のドアを蹴った。

シビックは、左にウインカーを出して車を寄せ、止まった。

すでに恵比寿の駅の脇を通り過ぎており、六本木通りに出る坂の手前のあたりまで来ていた。

『麻布街道覇者《ロードマスター》』のメンバー九人が病院送りになった現場の近くだった。

シビックの前方に二台、後方に一台、バイクが止まった。

「上等こいてんじゃねえぞ、この……」

「ざけてんのか、この野郎」

「出て来い！　クソ野郎！」

「うらあ！　なめやがって！」

少年たちが口々に罵声《ばせい》を発しながらバイクを降り、シビックに近づいてきた。

バイクのシートの脇には木刀が差し込んである。五人の少年のうち、三人は木刀を持っていた。

シビックのドアをひとりがまた蹴った。

「シカトこいて済むと思うなよ、こらあ」

ドアがわずかに開く。と、思った次の瞬間、ドアは勢いよく全開になった。

ドアのすぐまえに立っていた少年が撥《は》ね飛ばされた。

「うわっ！」

少年は、後方に飛んで腰からアスファルトの路面に落ちた。

ぬっと、運転席から黒い人影が姿を現した。大きな影だった。

影が歩み出る。街灯の光が当たった。

アポロキャップをかぶり、サングラスをかけている。さらに、マスクをしていた。

路面に尻もちをついた少年は、衝撃のためまだ立ち上がれずにいる。

暴走族の少年たちは、身構えた。

サングラスの巨漢は、足を肩幅ほどに開いて立っている。

少年たちは、その男が、今、仲間内で話題になっている『族狩り』ではないかと思った。

彼らは、つい先日『族狩り』が『麻布街道覇者《ロードマスター》』のメンバー九人をあっという間にやっつけたという噂を、当然、知っていた。

本当は、彼らはその男のことをおそれていた。

しかし、ここで引くわけにはいかなかった。無謀さが彼らの身上なのだ。

後先を考えないことが勇敢な行為なのだと思い込んでいるし、暴力的なことが「男を見せる」ことだといったような考えに凝り固まっている少年たちなのだ。

「てめえか、『街道覇者《ロードマスター》』をやったのは？」

少年のなかのひとりが言った。

サングラスの男はこたえない。

「『族狩り』だか何だか知らねえが、俺たちに歯向かうとどういうことになるか教えてやろうじゃねえか」

その少年は、木刀を片手で振り上げながら一歩前に出た。勢いを殺さず、さらに一歩出ると男の頭めがけて木刀を振り降ろした。

男は黙って立っているわけではなかった。小さくサイドステップして、さらに、ボクシングのスリッピングかウィービングの要領で上体を振った。

木刀は空を切った。

それだけではなかった。男がサイドステップしたことにより、木刀を振り上げた少年はパンチの届く範囲に入った。

男は膝を柔らかく曲げた。腰をひねり、後方の足の踵《かかと》を上げる。

そのときの体のひねりを有効に使い、リアのボディーブローをレバーに叩き込んだ。

少年は、大きく目を見開き、うっとうめいて一瞬動きを止めた。口も大きく開いている。

腹のなかで何かが爆発したように感じたはずだ。そのまま横隔膜が痙攣《けいれん》して呼吸ができなくなったのだ。

右のボディーブローに続いて頰骨《ほおぼね》への左ショートフック、そして、とどめは顎への右アッパーだった。

アッパーが決まった瞬間、少年の両足は本当に宙に浮いた。

三発のパンチだったが、実際には一呼吸で打ち込まれた。

木刀が振り降ろされたと思ったら、その木刀を持っていた少年が吹っ飛んでいた、というのが見ていた者の印象だった。

「くそったれ！」

ひとりの少年が、膝のやや上を狙った回し蹴りを出した。

ローキックの狙いとしては正しい。

この少年は、空手かキックボクシングをやったことがあるようだった。キックには充分体重が乗っていたし、スピードもあった。

街中の喧嘩なら、一発KOを狙えるローキックだった。

ローキックは地味な技だが、実戦的だ。膝と股関節の間の外側――つまり大腿部の外側に決まれば、鍛えていない者は立ち上がれなくなる。

そのローが決まれば、少年はすぐさま、顔面へのパンチへとつなぐつもりだった。

そして、パンチが顔面をとらえたら、別の少年が木刀で殴りかかる。

そして何人かでタックルをかけて転がす。

あとは全員で殴る蹴る打つの袋叩きだ。

しかし、肝腎のローキックが決まらなかった。

男は、ローキックのインパクトのまえに、膝を蹴り足めがけて突き出した。伸びた膝は急所だが曲げた膝は武器だ。

そして、すねや甲は、インパクトの瞬間には強力な武器となるが、それ以外のときは急所なのだ。

タイミングだけで攻守が逆転する。それが技だ。

サングラスの男は、技の心得があった。

少年のローキックはブロックされた。ブロックされただけではない。足首を逆に痛めてしまった。

そして、男は、ブロックした足を、一度、地面に降ろすと、すぐさま跳ね上げた。

足の甲が金的を打つ。

ローキックを出した少年は、くぐもった悲鳴を上げると、体をくの字に折った。

顔面の位置が低くなる。

距離が近い。男は、右の腕を鉤《かぎ》のように曲げ、ショートのフックを繰り出した。

肘《ひじ》が九十度に曲がった威力のあるショートフックが少年の頰骨を打ち抜いた。

少年はくるっと体をひねるとそのままもんどり打ってひっくりかえった。

残った少年たちは驚いた。

ふたりがやられるのに何秒もかかっていない。

それでも三対一の優位さを疑おうとしなかった。

「死ねや！」

木刀が唸《うな》る。

男は、またしても見事なフットワークを見せた。巨体が信じられない素早さで移動する。もし、ヘビー級のボクサーと事を構えたら、このときと同じ印象を持ったかもしれない。とにかく、巨体が瞬間的に右へ左へ、また前後へ移動する感じがする。まるで、魔法のような感じすらするのだ。

木刀の一撃に失敗すると、少年はすぐさま横に払った。

サングラスの男は、それを読んでいたようにバックステップする。

再度攻撃するために、少年が木刀を握り直す。

その瞬間に、サングラスの男の巨体が滑るように突進した。

小刻みのランニング・キックだった。一歩進んでから蹴るのだ。

突進の勢いをそのまま、前蹴りに乗せていた。

木刀を持った少年は、腹にその蹴りをくらい、二メートルほど吹っ飛んだ。

彼の体はアスファルトの上で一度バウンドした。それきり動かなくなった。

男は蹴り足を降ろしたとたん、再び振り上げた。後方を踵で蹴る感じだ。

うしろに立っていた少年は、その後ろ回し蹴りをまともにくらった。

顔面を踵でしたたか打ち抜かれ、そのまま眠った。

最初にドアで弾き飛ばされた少年がひとり残った。

彼は立ち尽くしていた。すでに戦意などなくしている。

男はその少年を見た。

少年は、蒼白《そうはく》な顔で男を見返している。街灯の光に、その白々とした顔と充血した眼が浮かび上がっている。

男は、まったくリラックスしているように見えた。

彼は少年に言った。

「くだらんことを続けていると、もっとひどい目にあう」

少年は何も言わない。声が出ないのだ。

男は続けた。

「『麻布街道覇者《ロードマスター》』の小田島英治に会うことがあったら伝えろ。おまえの命は、俺が必ずもらい受ける、とな……」

男は、少年に背を向け、シビックに乗り込んだ。

ひかえめにエンジンを吹かすと、シビックは、まるで大切な客を乗せた二種免許の運転手が操るように、静かに縁石を離れて、六本木通りのほうに走り去った。

ほどなく、パトカーのサイレンが聞こえてきた。


「今度は五人だよ、先生」

辰巳が竜門に言った。

「何がです？」

竜門は顔を上げずに、施術記録をつけている。

彼は施術室ではなく、事務室の机に向かっており、辰巳は机の脇に立っていた。

『竜門整体院』は、マンションの２ＬＤＫで、ＬＤＫをふたつに仕切って、事務室と待合室にしてある。

事務室の一画に受付の机があり、そこに真理がいる。

真理の机のすぐそばに、流し台がある。

施術室のとなりに和室があり、もし、竜門の施術院が病院だったら医局という名がつけられていたはずだが、そこは、ただの物置となっていた。

書籍や古い書類などはすべてその部屋に押し込んである。

医局という言い方は、医者だけに許されているのだ。

辰巳は、竜門のつれない反応を気にしていないようだった。

話し相手の機嫌が気になるようでは、刑事はつとまらない。

辰巳は言った。

「また『族狩り』が出たんだよ。場所はこないだのすぐ近く。また、五人が病院送りだ」

「そうですか……」

竜門は顔を上げない。

「五人のうち、ふたりはあばらが折れてた。ひとりは頸椎のねんざ、その他はあちらこちらに大小の打ち身……」

竜門は相槌《あいづち》も打たなくなってしまった。

それでも辰巳は平気で続けた。

「目撃者の話だと、『族狩り』はとんでもない大男だというんだ。目撃者ってのは、暴走族のガキだが、取調べをした捜査員の話だと、完全にびびっちまってたそうだ。よっぽどおっかないもんを見ちまったんだな……。そいつの話によると、すごくでっかい男の体がぱっぱっ、と嘘のように素早く動いたというんだ」

ついに竜門が顔を上げた。

「辰巳さん……」

「何だい、先生」

「ここは患者さんが入ってくるところじゃないんです」

「わかってる。俺も、今日は患者じゃない」

「ほう……」

竜門は一瞬、興味ありげな表情になった。

「刑事として質問しているというわけですか？」

「いや。ご近所の知り合いのところで世間話をしているんだ」

竜門は再び表情を閉ざした。

「もし、この整体院中の時計が狂っていないとしたら、まだ、午後の三時です。そして、今日は日曜でも祭日でもない。確か、三日前に非番だと言っていたから、おそらく今日は非番じゃない。まだ勤務時間のはずですね。なのに、どうしてこんなところで世間話ができるんですか？」

「刑事に不可能はない」

「危険な考えかたですね。警察国家論だ」

「おおげさだな、先生。直帰ってやつだよ。俺たち捜査員というのは、どれだけ働いても際限というものがない。だから、休めるときには休む。今、俺は事件の聞き込みに回っているということになっているというわけだ」

「どんな仕事にも優遇措置はあるものですね……」

「そう」

「もうひとつ、わからないことがあるんで、訊いていいですか?」

「だめだ。質問するのは刑事の仕事だ」

「だが、あなたは今、刑事としてここに来ているのではないと言った」

「そうだったかな? 訊きたいことってのは何だい、先生」

「三日前も、今日も、あなたは、世間話と称して『族狩り』の話ばかりしている。いったい何が目的なのです?」

「とんがるなよ、先生。本当に世間話だと言ってるだろうが」

「ならば、僕の仕事の邪魔をしないでいただきたい」

「ただね……」

ごくわずかだが、辰巳は声のトーンを落とした。「私らの仕事は、世間話のなかから手がかりを拾うこともある」

竜門はその声の調子の変化に反応してしまった。辰巳の眼を見てしまったのだ。もちろん竜門は何もしていないし、何も知らない。それでも、刑事の眼というのは、見る者に緊張感を与える。

竜門は眼をそらした。彼は気づかなかったが、辰巳はそのとき、かすかに笑った。

竜門が言う。

「僕からはどんな手がかりも得られませんよ」

「だから、そんなんじゃないんだ。まあ、こういう言いかたなら気に入ってくれるかな? 俺は先生に参考意見を聞きたいんだ」

「どんな?」

辰巳は、横目で真理を見た。竜門に示すために眼を動かして見せたのだ。

そして、言った。

「施術室のほうが落ち着けるんだがな……」

竜門は、辰巳が自分のために気をつかっているのだと思った。それがわかっても、ちっともありがたくなかった。

「十分だけです」

竜門はしかたなく、立ち上がった。

6

「俺が気になっているのは、『族狩り』の強さだ」

施術室に入ると辰巳は言った。辰巳は施術用の台に腰かけ、竜門は椅子にすわった。

「強さ?」

「そう。半端じゃねえ強さだ。鉄パイプだの木刀だのを持った悪ガキ九人を素手でやっつけ、また五人を病院送りにした。うちの管内じゃこの二件だが、ちょっと輪っかを広げてみると、他にも『族狩り』事件が起こっている。外苑《がいえん》、上原、野沢、……。たぶん、同じ犯人だ」

「それで……?」

「俺はゆうべやられた悪ガキの証言で、気になる台詞《せりふ》がひとつあるんだ。『すごくでっかい男の体が、ぱっぱっ、と嘘のように素早く動いた』――こいつだ」

「嘘のように素早く動いた……? 嘘じゃないんですか?」

「暴走族やってるようなやつの証言だ。ボキャブラリーは貧困だがな……。担当の話だと、そいつはこの点を強調したがったそうだ。ゴジラがタップダンスを踊ったのに驚いたんだ」

「僕が教えてあげられることは何もなさそうですね」

「いや。たくさんあるよ。こないだの続きだ。先生は、武器を持った集団にひとりで立ち向かうような場合の心境といったようなものを話してくれた。あれは参考になったよ。どんなに腕っぷしに自信がある人間でも、よほどのことがない限り、そんなことをする気にはなれないということも納得できた」

「僕の発言が法廷で使われることはないでしょうね」

竜門は皮肉な調子で尋ねた。

「ない」

辰巳は言った。「あくまで、俺の参考にするだけだ」

冗談に対して予期せぬまともな返事が返ってきたので、竜門は少しばかり気恥ずかしさを覚えた。

実は、こういう点が、刑事のテクニックなのだ。彼らは尋問のプロフェッショナルで、実践的な心理学者なのだ。

刑事は、会話する場合、常に優位に立っていなければならない。それが、世間話でもだ。

竜門は黙るしかなかった。

あまり間を置かずに辰巳が言った。

「大男が身軽に動くというのは、あまりお目にかかれる光景ではないように思う」

「イメージだけで言ってるでしょう? 牛若丸と弁慶のような……」

辰巳は横目で竜門を見た。その眼は、「牛若丸と弁慶だって?」と問いかけていた。

竜門は続けた。

「小柄だが動きの鈍い人はいくらでもいるし、大柄で機敏な人もたくさんいます。バレーボールの試合を見たことはありますか?」

「言いたいことはわかる。だが、ちょっと、ニュアンスが違う。『族狩り』は、戦っていたんだ。格闘していたんだぜ、先生」

「基本的には同じことですよ。反射神経と運動能力の問題です。鍛えればある程度まで機敏になれます」

「しょっちゅう喧嘩を見たりやったりしている暴走族が舌を巻くほどの軽快な動きを……?」

「いいでしょう。辰巳さんが満足する言いかたをしましょう。ムハメッド・アリの試合を見たことがあるでしょう?」

「カシアス・クレイという名で活躍しているころから知っている」

「あの華麗なフットワークを思い出してください。ヘビー級ボクサーというのは、たいてい大男です。その大男が蝶《ちょう》のように舞い、蜂《はち》のように刺す」

「なるほど……。ボクサーなら納得できるな……。では、例えば、空手家はどうだ」

「タイプにもよりますが、たいていは軽快に動けるでしょう。特に試合を重視して練習している場合はそうです。試合では、反射神経とスピードが物を言いますからね」

「赤間忠はどうだ？」

「またですか。赤間選手に失礼ですよ」

「いや、彼を疑っているとか、そういうんじゃないんだ。たまたま、ふたりが共通に目のあたりにしている空手家として例に上げただけだ」

それは本心かもしれなかった。

しかし、そうでないかもしれない。竜門には判断できなかった。

判断できないので正直に考えていることをこたえることにした。

「赤間忠は、あらゆる面で恵まれている選手だと思いますね。体格も申し分ない。そして、プロレスラーやキックボクサーとの試合経験もある。のろまだとは思えません」

辰巳は、窓のほうを向いて何か考えていた。窓には模様ガラスが入っていて外の景色は見えない。

もっとも、この部屋は一階にあり、周囲には身を寄せるように民家が建ち並んでいるので、もし、透明なガラスが入っていたとしても、ろくな景色は見えないはずだった。

彼は唐突に、本当に唐突に立ち上がった。

「邪魔したな、先生」

竜門はその辰巳の行動に驚いた。しかし、それを態度には出さなかった。

竜門は辰巳にうなずきかけただけだった。辰巳は施術室を出て行った。

ややあって、真理がドアの隙間から顔をのぞかせた。

「予約の患者さんです」

「辰巳さんは？」

「帰りました」

竜門はうなずいた。

真理が言う。

「先生、辰巳さんが気にするようなこと、何かやったんですか？」

「とんでもない」

「『族狩り』って何のことです？」

「暴走族に喧嘩を売って歩いているやつがいるそうだ」

「それ、先生なんですか？」

竜門は真理の顔を見た。

どうやら、本気で訊いたわけではなさそうだった。竜門は眼をそらして言った。

「患者さんに入ってもらって……」

「はい。辰巳さん、かわいそうでしたね」

「かわいそう？」

「何だか、すごく困ってるみたいだったでしょう？」

竜門は、またしても驚いた。

「困ってる？　彼が？」

「そう。たぶん、『族狩り』の手がかり、つかめないんでしょうね」

真理は顔をひっこめた。

辰巳は困っていたのか？　それで、参考になることはないかと私のところへやってきていたのか――。

竜門は考えた。

だとしたら、辰巳に悪いことをしたのかもしれない。

武道や格闘技をやっているからといって、暴力沙汰があるたびに疑われてはたまらない。

竜門はそう考えた。しかし、それこそが誤解だったのだ。暴力事件なので、辰巳は自分を疑っているに違いない――いつしか、そう信じ込んでしまっただけなのだ。

辰巳は単に、専門家の意見を――毒薬の話を鑑識に尋ねるように――竜門のところに聞きに来たに過ぎないのかもしれなかった。

ごくわずかだが、竜門は辰巳に申し訳なく思った。

今度来たときには、少しは親身になってやらなければならないかもしれない。

そう思ったとき、患者が入ってきた。

竜門は、はっとした。

身をかがめるようにして、赤間忠が入ってきたのだ。

竜門は、三日後に来るように、と前回の施術のときに言ったのを思い出した。

赤間は指示どおりにやってきたのだ。

竜門はふと気になって尋ねた。

「ここを出て行く男と会いませんでしたか?」

「ええ……。自分が入ってきたとき、受付のかたと、何か話をされてました……。何か
……?」

「いえ……」

辰巳は、今日、赤間がここへ来ることを知って、訊ねてきたのではないだろうな――。

竜門はふとそんなことを考えた。

しかし、そんなはずはなかった。いや、それ以前に、そんな心配をする必要などないのだ――そのことに竜門は気づき、苦笑しそうになった。

赤間忠は竜門の患者だ。ここへやって来たのを辰巳に知られたからといって、どういうことはないのだ。

「では、これに着替えて……」

竜門はカーテンを閉めた。

赤間忠の打撲傷はずいぶんと回復していた。やはり鍛えている体は違う、と竜門は思った。

まず、表面的にいうと、打たれ慣れている体表というのは打撲を治す能力が高まっているのだ。

キックボクサーのすねや空手家の前腕部などは、多少の打撲ではあざにもならない。また、あざも早く治る。

そして、内面的にいうと、新陳代謝が活発なのだ。

だが、竜門は新しい傷を発見した。それは肩口から二の腕にかけてついていた。

やはり、棒状の固いもので殴られたあとだ。新しい傷で、まだ一日も経っていないように見えた。

「おたくの流派では、武器術もおやりになるのですか?」

竜門は尋ねた。

「はあ……?」

赤間は面食らったようだった。

滅多に口をきかない竜門が奇妙な質問をしたせいだ。

竜門は言葉を補わなければならなかった。

「あなたは前回の施術のとき、空手をおやりだといった。修拳会館の赤間さんでしょう。格闘技界では有名人です。すぐにわかりましたよ」

「はあ……」

赤間は、面食らった表情のままだった。もしかしたら、困惑の表情だったかもしれない。

だが、困惑する理由などないはずだ、と竜門は思った。

「あの……」

赤間は言った。「武器術って、何ですか?」

今度は、竜門が困惑の表情を浮かべたかもしれなかった。

竜門が学んだ常心流は総合的な武道だった。空手術を基本に置いているが、六尺棒、杖《じょう》を始め、各種の特殊武器もあつかう。

もともと、沖縄では、空手を学ぶとき、棒、釵《さい》、トンファ、ヌンチャクなどをともに学ぶのがあたりまえだった。

本土に伝わったときに、その伝統が半ば失われたのだ。

本土に空手を普及させたのは、松濤館流《しょうとう》――現在の空手協会の祖、船越義珍《ふなこしぎちん》だが、そのときに、空手を兵法や武術としてでなく、体育として定着させようという目的があった。

ヌンチャクやトンファなどの武器術は必要なかったのだ。

だが、空手を武道として見直したときに、武器術は避けて通れない。同じ体系のなかにあるからだ。

常心流では武器術を学ぶのが当然と考えられている。

修拳会館も空手の流派だから、それくらいの知識はあるものと思っていた。しかし、そうではなかった。

彼らが空手と称しているものは、あくまで片仮名で書くカラテであり、その実態は、日本式ムエタイなのだ。

竜門はそれを否定しているわけではなかった。ムエタイやキックは立派な格闘技だ。だが、実のところ、それに空手の名を使われるのだけは迷惑だと感じていた。

竜門は、南光《アーナンクー》、汪楫《ワンシユウ》、鎮闘《チントウ》、十三《セイサン》、抜塞《バッサイ》、五十四歩《ゴジュッシホ》、公相君《クウシャンクウ》という七つの型を修得し、それぞれの型に含まれる技にも習熟した。

その上で、別伝として、ナイファンチ、公相君《クウシャンクウ》小、抜塞小、十手、二十四歩《ニーセーシー》、ローハイといった別伝の型を学んだ。

さらに、棒の型である五輪棒をすべて学び皆伝を得た。

もちろん皆伝をもらうためには型を覚えるだけではだめで、実戦的な稽古もずいぶんこなした。

それでも、彼は空手を名乗っていない。

総合武道・常心流と名乗っているのだ。それほど空手の名にこだわり、惜しんでいる。

日本式ムエタイに、空手を名乗ってほしくないという気持ちも理解してもらえるはずだ——竜門はひとりひそかにそう考えていた。

「武器術というのは」

竜門は説明した。「棒とか、トンファ、ヌンチャクなどのことですよ」

「ああ……。そういったものは、うちではやりません。空手は何といっても素手ですから……」

徒手で始まり、武器を扱う。

武器を持っても、体の使いかたは徒手と同じだ。武器術は、長いもの大きなものから順に小さいものへと学んでいく。

そして、最後にまた徒手にもどる。このとき、武器の利を徒手に応用できるように練るのだ。

素手で戦うから、素手しか学ばないというのは、修道体系として、どうも心寒い。

武器を学ぶことによって、武道の真髄である見切りや間合いといったものを身につけることができるはずなのだ――竜門はそう思ったが、何も言わなかった。

それより、新しい打撲傷が気になっていた。

「この傷……」

「え……？」

「武器の練習をしていて、間違って当たったりすると、よくこういう傷ができるのです」

「へえ、そうですか……？」

その瞬間、赤間忠が少し変わった感じがした。

どこがどう変わったのかは、はっきりしない。しかし、竜門は確かにそう感じた。

強いて言えば、飼い馴《な》らされていた動物が突然野性に返ったような感じだった。

それも、ほんの一瞬のことに過ぎなかった。

竜門は体のこわばりを念入りに調べていった。

打撲傷だけでなく、捻挫も順調に回復しているようだった。赤間ほどの選手になると、おそらく練習しない日はないはずだった。

疲労の度合や、故障の場所に応じてメニューは変えるだろうが、とにかく体は動かすに違いない。

無理さえしなければ、体は動かすに越したことはない。捻挫も、稽古をしながら治すのが一番いいのだ。

竜門は、赤間の腕を動かしてみたり、自分で回させたりした。そうして、関節の可動範囲を見たり、痛みの有無を調べていく。

整体師はレントゲンなど持っていない。触診と問診がすべてなのだが、こうして動かしてみることで、多くのことがわかる。

あとは、背骨を調べる。体のあらゆる歪みは、頸椎・胸椎・腰椎——つまり背骨の歪みとして現れる。

赤間忠の背中は見事に発達している。その筋肉は、実に柔軟だ。彼は決して見かけだおしでないことは、筋肉の付きかたを見てもわかる。

しなやかな筋肉が骨格にぴったりと貼《は》りつくようについている。筋肉は、いわゆる太い筋と細い筋が双方ともよく発達している。瞬発力と持久力の両方を兼ね備えた筋肉なのだ。

窓の外で、バイクのエンジン音がした。

派手な空吹かしではない。ギアチェンジの際に、誰でも立てる程度の音だ。

赤間が反応した。

背中の筋肉がわずかに緊張した。

反射的に竜門が訊いた。

「痛みがありますか?」

「あ……、いいえ」

もう一度、同じところを押す。今度は反応がない。

背中の筋肉が、さっと緊張したのは、竜門に押されたせいではない。

(バイクの音が……?)

竜門は思った。

その反応は、竜門が指先を鍛えに鍛えている整体師でなければ気づかなかったに違いない。

それくらいに小さな反応だった。もしかしたら、赤間本人も気づいていないかもしれない。

竜門は、なるべく、そのことを考えまいとした。バイクのやかましい音が嫌いな人間はいくらもいる。

例えば、近くに柄の悪い高校生が住んでいて、その高校生のバイクのせいで、不眠症気味になっているような人は、小さなエンジン音でもきっと緊張するはずだ。

竜門は、赤間の体を揺らしたりマッサージしたりして、関節をゆるめた。矯正はなるべくひかえめにして、とにかく、全身の張りをやわらかくした。

「次は十日くらい、間を置いて来てください」

竜門はそう言って施術を終えた。

カーテンを閉めようとした竜門に、赤間が言った。

「先生も、何か格闘技をおやりなんですか？」

竜門は赤間の顔を見た。

口調は、世間話のようだが、その眼は妙に真剣だった。

竜門はこたえた。

「僕は格闘技はやらない」

「本当ですか？」

「ああ。本当だ」

言ってから、ちょっと気がとがめた。彼は付け加えた。「武道なら、少々やるが……」

7

竜門の住居は、整体院と同じマンションの四階にあった。整体院は２ＬＤＫの造りになっているが、住居のほうは１ＬＤＫだった。

その部屋は妙に殺風景な感じがした。

リビング兼ダイニングキッチンは板張りで、家具らしい家具が見当たらない。

テレビやささやかな音響機器はベッドルームに置かれており、リビング兼ダイニングキッチンは、ダンススタジオか体育館のような印象を受ける。

竜門は、ダイニングキッチンにたたずみ、考えごとをしていた。

赤間忠がバイクの音を聞いて体を緊張させた、あの一瞬が気になった。

最初に赤間忠が整体院にやってきたときに抱いた疑問が、再び竜門の胸によみがえった。

彼の体の打撲傷は明らかに鈍器によってできたものだった。

竜門は確かにリング上で戦ったことはないし、プロレスラーやキックボクサーを相手にしたことはない。

だから、リングではああいう傷がつくものだと言われたら反論はできないかもしれない。

しかし、もっとずっと通りのいい説明がある。

鈍器を持った相手と戦った、という説明だ。木刀や鉄パイプなどの鈍器だ。

そして、赤間忠は病院へ行かず、整体院にやってきた。

医者も患者のプライバシーに関しては守秘義務がある。しかし、特別な傷についてはそういうわけにもいかない。

銃弾による傷や、刃物で切られたり刺されたりした傷などだ。病院ではそういう傷をプライバシーの部類とは考えない。社会的な出来事の結果と判断するのだ。

その点は警察と医学界の見解が一致していて、病院ではそういうけがを見つけた場合、たいてい警察に通報する。

打撲傷程度の傷がそれに当たるかどうかは疑問だが、もし、極度に警戒心を強めている者がいるとしたら、やはり病院を避けようとするに違いない。

一般に、整体院やマッサージ、鍼灸などの治療院は通報の義務に関しては曖昧《あいまい》だと思われている。事実、そのとおりかもしれない。

そして、もしかすると、赤間は、警察に通報されるようなことを極度に警戒しているのかもしれなかった。

そして、バイクの音だ。

竜門は、おそらく自分がひどく誤った推理をしていると思った。

それは辰巳のせいかもしれなかった。辰巳が妙なことを言わなければ、竜門だって、赤間と『族狩り』を結びつけて考えようなどとは思わなかったはずだ。

（まさか、赤間が『族狩り』ではあるまいな……）

最初、竜門自身が、その推理はまったく無意味で、ばかばかしいものと思っていた。

辰巳の赤間を疑うような発言に腹を立てさえした。

しかし、今、竜門が赤間に疑いを抱いていた。竜門を変えたのは、理屈ではなかった。

傷の話をしたとき、一瞬赤間が漂わせた奇妙な雰囲気。それは、危険な感じがした。

そして、指先に感じた赤間の微妙な緊張。

そういった感覚的なものは、理屈よりずっと強烈に作用した。理性では、そんなことはあるはずがないと思いながらも、気になってしかたがないのだ。

放っておけばいい……。

竜門は思った。

相談されたわけでもなければ、事情を説明してもらったわけでもない。赤間はただ、傷を治したくて竜門のもとに来たのだ。

もし、本当に赤間が『族狩り』だったとしても、それが自分とどういう関係があるというのだろう……。

しかし、だめだった。

「くそっ」

竜門は小さくつぶやくと再び整体院へ戻った。

(僕は愚かだ。ひどく愚かだ)

彼は心のなかでつぶやいていた。

彼は、施術記録用紙の最初のページに書かれた赤間忠の住所を見た。

施術記録用紙は施術のたびに見るが、患者の住所まではあまり気にしないのだ。

赤間の住所は、豊島区南長崎四丁目となっていた。その住所を疑う理由はない。赤間が最初に受付を済ませたとき、竜門に対して疑いや恐れを抱いていたとは考えられない。

次に竜門は、赤間が所属している修拳会館の住所を、電話帳で調べた。修拳会館は世田谷区瀬田一丁目だった。

『族狩り』が頻繁に出没しているのは、どのあたりだったろうか?

竜門は、辰巳の言葉を思い出そうとした。

まず、辰巳が問題にしているのは、渋谷署管内だ。二件たて続けに起こっている。恵比寿から六本木通りへ抜ける途中の駒沢通りの路上だった。

住所で言うと、渋谷区東か、渋谷区広尾ということになるだろう。

さらに同様の事件が、渋谷署のナワバリの外でも起きていると辰巳は言った。

「外苑、上原、野沢……」

確か辰巳はそう言った。

地名だけを見ると、あまり関連はないように見える。

修拳会館のある瀬田一丁目と、渋谷区広尾は車で行けばそう遠くはないが、すぐ近所というわけではない。

世田谷区野沢は、さらに瀬田一丁目には近い。しかし、これもやはり近所というほどに近くはない。

瀬田一丁目から見ると、外苑や上原は、広尾や野沢よりも遠い。

一方、赤間が竜門の整体院を訪ねてきた理由はだいたい見当がつきそうな気がした。

瀬田一丁目と竜門整体院がある桜新町は近い。

瀬田一丁目のあたりへ行くには、東急新玉川線の用賀駅か二子玉川園駅で降りるのだが、用賀駅は桜新町駅のとなりだ。

車なら、国道二四六号線を通りほんの六、七分の距離だ。

赤間が電車を利用しているのか車を使っているのか、竜門は知らない。だが、竜門整体院にやってくるには、それほど無理はないはずだった。竜門の腕は確かに評判なのだ。

住所を見る限り、赤間と『族狩り』の関連はないように思える。

だが、それでも竜門は落ち着かなかった。胸騒ぎを理屈でおさえることはできない。

彼は施術記録用紙をもとの場所に戻し、ロッカーのところへ行った。

ロッカーのなかには、クリーニングに出したワイシャツが置いてあり、スーツがぶら下がっている。

竜門は手早くそれに着替えた。

今度は洗面所に行き、鏡に向かった。

戸棚から、整髪用の強力なジェルを取り出して、それをてのひらにしぼり出した。

ジェルを、まったく手を加えていなかった髪に塗り付け、サイドを後方に流して固めた。

前髪を持ち上げ、幾束かを前方へ垂らす。

それだけで、驚くほど印象が変わってしまった。

髪はきっちりと決まっていた。ヘアスタイルが変わっただけなのに、顔つきまで変化したように見えた。

きわめて地味な風貌だったが、たちまち鋭さを帯びた。

甘いマスクだった。顎が細く、美しい顔立ちだが、頬がそげ落ちていて、その点だけが凄みのある男らしさを強調している。

眉《まゆ》は決して太くはないが、濃く長い。その下で、両眼が冷たい光を放っている。

昼間の施術室では決して見られない眼の輝きだ。

その顔つきや眼つきは、猛禽《もうきん》類を思わせた。

これは、単なる外出のためのおしゃれではなかった。竜門にとってこれは、別人となるための――もうひとりの竜門を夜の街に放つための儀式なのだった。

竜門は整体院を後にし、東急新玉川線で渋谷へ出た。桜新町から渋谷までは約十五分だ。

渋谷北口・ハチ公前は、いつものように人の洪水だった。初めてこの人混みを見た人は面食らうに違いない。

いったい何があったのだろうと思う。

二度目にそれを経験すると、それが別に特別なことではないと知り、逆に、そのことに驚く。これが普通だというのか！

そして、そのうちに慣れてしまい、何も感じなくなる。群集のなかに自分を埋める方法もわかってくる。

竜門は、人ごみのなかで、ほとんど目立たなく行動することができた。竜門を尾行しようとする人間がいたとしても、たいていは失敗するはずだった。

彼は道玄坂を登り、左へ曲がった。細い路地の左側に、地下に下る階段があった。『トレイン』と書かれた古い看板がかかっている。

渋谷で、長年飲食店を営んでいくのはむずかしい。流行の波がこの街を襲い、街並を変貌させていく。

だが、奇跡のように姿を変えずに残っている店もある。

『トレイン』はそうした渋谷の奇跡のひとつだった。ここは、ジャズの流れるバーだ。

竜門は重いドアを開ける。

そのとたん、容赦ない音の一斉射撃にさらされた。

休みなく打ち鳴らされるスネア。

変則的に踏み鳴らされるバスドラム。アクセントを決めるサイドとトップのシンバル。

ピアノは音の固まりを次々と吐き出し、ベースだけが禁欲的なほど抑制されたピチカートを続ける。

それらすべての楽器に対抗しようとするかのような荒々しいサックスのフレーズ。

ジョン・コルトレーン・カルテットの演奏だった。店の名『トレイン』は、コルトレーンの愛称でもある。

店のなかに客はいなかった。竜門はカウンターに歩み寄った。

カウンターのなかに置かれた丸椅子に、マスターの岡田英助が腰かけていた。

五十を過ぎた不愛想な男だ。

岡田は竜門を見るとうなずきかけた。客に対する挨拶《あいさつ》には見えない。岡田も竜門もその点については承知していた。

竜門はカウンターに向かってすわった。

岡田はようやくステレオのボリュームを絞った。

「この音楽は、客に聞かせるためのものか？　それとも客を追っ払うためのものなのか？」

「何にする？」

「ブッシュミルズ」

岡田はショットグラスを取り出し、竜門のまえに置いた。愛想はないが気はつかっているようだ。グラスを置くとき、ほとんど音がしなかった。

ショットグラスにアイリッシュウイスキーを注《つ》ぐ。

「何を訊《き》きに来た？」

「どうして酒を飲みに来ただけだとは思わないんだ？」

「長年の観察に基づく推測。あんたはこの店に酒を飲みに来たりはしない」

「酒以外のものが欲しくてこの店にやってくるのは僕だけじゃないだろう」

「そうだな。ジャズを聴きに来る客もいる」

「冗談だろう……」

「あんたはジャズが好きじゃない。だから理解できないかもしれんが、昔は、大音響でジャズのレコードを聞かせるのを売りものにしていた喫茶店がたくさんあった」

「赤間忠という男について調べてほしい」

「何者だ？」

「修拳会館というフルコンタクト空手の会派のチャンピオンだ。最近はプロレス団体といっしょにリングに立っている」

「その男の何が知りたい」

「わかることなら何でも」

「例えば……？」

「そうだな……。赤間はひょっとしたら、過去に暴走族と関わりがあったかもしれない。

そういう類のことだ」

「わかった」

岡田は、竜門がなぜ赤間のことを知りたがっているのか、その理由を尋ねようとはしなかった。

いつから岡田がそういうことをしているのか竜門は知らない。古い付き合いだが、知り合ったとき、すでにそういう商売をしていたような気もする。

とにかく、そういう形で『トレイン』を利用している客は案外多いのかもしれない。『トレイン』が流行の波や好不況の波に決して呑《の》み込まれず、形を変えぬままに残り続けている秘密はその点にあるのかもしれなかった。

竜門はショットグラスをあおり、ブッシュミルズを飲み干すと、立ち上がった。財布を出し、二万円をカウンターの上に置いた。岡田は黙ってそれを受け取る。

竜門は出口に向かおうとした。

「たまにはゆっくりとレコードでも聴いていったらどうだ？」

「クライバーかバレンボイムのレコードを仕入れてくれるならな」

「考えておくよ。客の意見は尊重することにしてるんだ」

その気がないのは岡田の口調でわかった。竜門は『トレイン』を出た。

ＪＲで恵比寿へやってきた。恵比寿は渋谷のとなりの駅だ。改札を出て右へ行くと地下鉄日比谷線の入口がある。

そのむこう側を横切っているのが駒沢通りだ。

昨夜、『族狩り』が現れたからといって、今夜も現れるとは限らない。むしろ、今夜は出ない可能性のほうが強い。

『族狩り』はけがをしているかもしれないからだ。赤間の肩口にあった打撲傷のようなけがを……。

だが、それでも竜門は現場に行かずにはいられなかった。

駅から駒沢通りを歩いてみた。ＪＲ線のガードを越えると左手にケンタッキー・フライドチキンが見える。

『ＫＦＣ』という看板がかかっている。アルファベットの頭文字に略してしまうのが最近・の流行のようだ。

いったい、いつロゴを変えたのだろう――竜門は、ふとそんなことを考えた。

明治通りとの交差点が見えてくる。大きな歩道橋がかかっていた。歩道橋を渡るとゆるやかな登り坂になっている。

歩道の脇には、水平の土地を確保するために土台として積み上げた石垣があったりする。

左手に高校のグラウンドが見えてきた。右手にはところどころに、小さくて瀟洒《しょうしゃ》なブティックや喫茶店がある。

ずいぶんと歩いた気がした。実際、一キロ以上歩いていた。歩くことが体にいいのはわかっていた。

多くの人が腰痛に悩まされており、それにはさまざまな原因があるのだが、歩かないことが原因のひとつとなっていることは間違いない。

整体の重要なテクニックに、関節を他力によって動かすことと、揺らすことがあるが、歩行運動はこのふたつを自然に行う働きがある。

交差点があり、手前が下り坂、そのむこうは登り坂がやや急になっていた。その坂の突き当たりを、高速道路の高架が横切っている。六本木通りだった。

竜門はその交差点の手前で立ち止まった。

『族狩り』が暴走族たちをやっつけたのは、そのあたりのはずだった。

竜門は、少し引き返したところに血痕《けっこん》を見つけた。その血痕がチョークの線で丸く囲ってあった。警察の現場検証か何かの跡だった。

車道には車が頻繁に行き交っている。人通りは多いほうではないが、それでも常にどこかに通行人の姿が見える。

竜門は時計を見た。まだ九時を過ぎたばかりだ。暴走族も『族狩り』も姿を見せる時刻ではない。恵比寿まで引き返そうか、それとも、もう少しこのあたりを散策しようか——そう考えているときに、後ろから肩を叩かれた。

竜門は、はっとして振り向いた。

うしろに人が近づいたのに、気配を感じなかった。

驚いたと同時に、彼は傷ついていた。

しかし、相手を見て、傷つくにはおよばないことを知った。

「先生、妙なところで会うな」

辰巳刑事は言った。

以前、竜門は、まったく同じように、辰巳にうしろから肩を叩かれたことがある。辰巳はこういうことが得意なのだ。

それが捜査の役に立つのかどうか、竜門にはわからない。だが、容疑者を驚かせ、一瞬心理的に無防備にさせることは間違いなかった。

「まったくですね……」

竜門は言った。

「どうしてこんなところに？」

「あなたこそ……」

「俺か？　別に不思議はない。犯行現場を警察官が調べに来るのは、すごく当たりまえのことじゃないかね？　だが、あんたがここにいる理由は思いつかんな」

竜門は、道路のむこう岸に路上駐車している車に気づいた。見覚えのある車だ。辰巳がいつも乗っている覆面パトカーだった。

「興味があったんですよ」

竜門は言った。「『族狩り』に……」

「興味？　そうだろうな。で、どういう興味なのか聞いてみたいな」

「職務上の理由で？」

「そうだな……。それであんたがしゃべる気になるならそういうことにしてもいい」

「いいでしょう。僕も辰巳さんに専門家としてのアドバイスをもらいたい」

「アドバイスなどしない」

辰巳は言った。「刑事は話を聞くだけだ」

「刑事は世間話もしない？」

「仕事中は、な……」

「なら、仕事を切り上げてはいかがです？」

ふと辰巳は考えた。

「まあ、それも悪くないな……」

辰巳は、道路を渡り、覆面パトカーのところまで行った。運転席にいる若い男に何か言うと、覆面パトカーは発進し、走り去った。

辰巳が戻ってきた。

「どこかで一杯やろうじゃないか、先生」

あまりうれしくなさそうに辰巳が言った。

8

ふたりは赤提灯《ちょうちん》の縄暖簾《のれん》をくぐった。

店内は若い客で混み合っていた。にもかかわらず、辰巳は理想的な席を確保した。小さな座敷があり、その一番端のテーブルに向かい合ってすわった。

席は衝立《ついたて》で仕切られており、多少込み入った話になっても平気なはずだ。

辰巳はビールを注文した。竜門はそのときになって、まだ夕食をとっていないことに気づいた。

「最近は恵比寿あたりが若者に人気らしい」

辰巳は言った。「昔はビール工場くらいしかなかった街なんだがな……。妙なもんだ」

ビールが来て、辰巳は竜門と自分のグラスに注いだ。

辰巳が勢いよくビールを乾した。竜門も半分ほど飲んだ。

大きく息をつくと、辰巳は、つき出しをつつきながら言った。

「ずいぶんめかし込んでるじゃねえか、先生」

「外出するときのエチケットだと思うんですが……」

「あんたがそういう恰好をして出かけるのを以前も見たことがある。変装とは思わねえが、何かちょっとした意味がありそうだと俺は感じているんだがね」

「気のせいですよ」

「まあいい。聞かせてもらおう。どうして『族狩り』に興味を持ったのか……」

「たぶん、あなたのせいでしょう」

「俺の……？」

「あなたは、まるで赤間忠を疑っているような言いかたをした」

「先生……、俺あ何も……」

「わかっています。あなたにそのつもりはなかった。しかし、重要なのは、僕がそう感じたということです。そのために、僕は腹を立てました。しかし、そのうちに、僕自身が赤間忠を疑い始めたのです」

辰巳は表情を変えなかった。鋭い眼で竜門を見すえている。暴力団員たちをも圧倒する眼光だ。

だが、竜門はひるまなかった。彼は淡々と続けた。

竜門は感じていた疑問を辰巳に話した。

鈍器によってできた体中の打撲傷。

病院へ行かず、竜門のところへやってきた理由。

そして、バイクの排気音を聞いたときの赤間の反応。

店の従業員がようやく注文を取りに来て、辰巳と竜門は三品ずつ注文した。

従業員が去ると、辰巳はもう一度竜門を見すえた。

「先生。実を言うと、俺はたまげている。刑事は滅多にこんなことは言わねえ。だから信じてもらいたいが、俺あ、本当に、赤間忠が『族狩り』かもしれないなどとは思ったこともないんだ」

「でしょうね……。今では僕もそのことを理解しています」

「しかし、もし、赤間が犯人だとしたら、あれだけの人数がやられちまったことも説明がつくかもしれん……」

「ただ、僕だって確証があって言っているわけではありません。だから、プロのアドバイスが聞きたいと言ったのです。例えば、住所……」

「住所？」

「赤間の住所は豊島区南長崎四丁目。修拳会館は瀬田。どちらも、『族狩り』が出たあたりとは関連がないような気がします」

「そうだな……。だが、それは何も証明しちゃいないよ」

「だから、僕は何かを見つけたいと思って、あそこをぶらついていたのです」

「先生がどうしてそんなことをしなくちゃいけないんだ？」

「こっちが訊きたいくらいですね」

「武道家同士の結束、武士の情というやつか？」

「そんなつもりはありません。少なくともないと思います。ただひとつ言えるのは、赤間は僕の患者だということです」

「患者の問題を何もかも抱え込む必要など、どこにあるんだ、先生」

「おそらく、すべての患者の問題に関わり合うことはできないでしょうね。でも、赤間忠がもし『族狩り』だとしたら、僕は黙っているわけにはいかないような気がするのです」

「そいつは、自分の過去が関係してるのか？」

辰巳にそう言われて、竜門は驚き、不思議な感慨を覚えた。

なるほど、刑事というのは鋭いものだ、と竜門は思った。今まで、一度も、自分の過去のことなど考えなかったのだ。

竜門は、それをそのまま口に出して言った。

「そんなことを考えたこともありませんでしたが、ひょっとしたらそうだったのかもしれませんね……」

「先生、悪いことは言わん。余計なことに首突っ込むんじゃない」

「そう。余計なことだったら、首は突っ込みません」

辰巳は溜め息をついた。

「珍しく、素直にしゃべってくれると思ったら、やっぱり肝腎なところで強情なんだ……」

「辰巳さんには迷惑をかけません」

「あんたがうろうろするだけで、充分に迷惑なんだよ」

「その分、役に立つ情報も提供していると思いますが……」

「あんたは昔、武道家として生きようとしていた。しかし、それをやめて、整体師になった。そのままおとなしく生きていくと決めたんじゃなかったのか?」

「決めました」

「だったら、『族狩り』のことも赤間のことも忘れろよ」

「勝手な言い草だ。辰巳さんが僕のところに持ち込んできたようなものなんですよ」

「俺が赤間を先生のところへ連れて行ったわけじゃない。俺はあくまで、先生に専門家の意見を聞きに行っただけだ」

「……で、どう思うんです、赤間忠のことは……」

「印象で言うとな、『族狩り』はあいつだ」

「だとしたら、おそろしい偶然ですね」

「偶然?」

「僕の整体院で、赤間と辰巳さんが出会った……」

辰巳は、ふと押し黙り、自分でグラスにビールを注いだ。その表情は、どういうわけだか淋《さび》しそうな感じがした。

世の中の大切なある営みの一部を知ってしまって後悔し、やがてその後悔をも諦《あきら》めてしまったような表情だ。

ビールをあおって、辰巳は言った。

「長年、刑事をやっていると、奇妙なことに気づく。犯人てのは、奇妙な偶然でつかまることが多いんだ」

竜門は何も言わずに話を聞いていた。辰巳は続けた。

「ほんとにそうなんだ。刑事が現場を見に行く。そこに何か忘れ物をする。つまんねえ忘れ物だ。百円ライターだとか使い捨てのボールペンだとか……。それを探しにもどると、そこに犯人がいるんだ。二階建てのアパートで殺人があったとする。ひとりの刑事がたまたま現場近くにおり、ポケベルで呼び出され、急行する。だが、その刑事は間違ってとなりの部屋を訪ねる。すると、そこに犯人が潜んでいるわけだ」

「本当にそんなことがあるんですか？」

「両方とも本当にあったことだ。そのほかにも、まさかと思うようなことがたくさんある。泥棒を捕らえてみればわが子なり、っていう諺《ことわざ》があるが、そんなようなことがちょくちょく起こる。これはなぜだろうと、俺は考えた」

「なぜなんです？」

「つかまりたがってるんだな」

「犯人がですか？」

「そう。もちろん本人はそんなことには気づいていない。潜在意識というやつかもしれん。

とにかく、犯人のなかで、つかまりたがっている者はいる。そうすると、その犯人は、知らず知らずのうちに、そうした偶然のように見える出来事を引き起こしてしまうんだ」

「赤間忠は、辰巳さんのことを知らない。僕の整体院に刑事が通っているということも知らないのですよ」

辰巳は肩をすぼめた。

「殺人現場のとなりの部屋に潜んでいた男だって、刑事がそこを訪ねてくることなど知らなかった。刑事も知らなかった。問題は潜在意識なんだ。一部の心理学者の間では、『潜在意識は何でも知っている』という言葉が常識になっているそうだ」

竜門は話を聞いて思った。

『族狩り』は、本当につかまりたがっているのかもしれない。

もちろん、彼は、用心深く振る舞うだろう。しかし、心のどこかで、彼はもう『族狩り』など終わりにしたいと思っているのかもしれなかった。

『族狩り』のなかの、つかまってしまいたいと感じている部分が、赤間忠という人間を生み出し、武道の専門家に傷をさらし、刑事とニアミスを繰り返している。

あるいは、赤間が実体で、『族狩り』が別世界の存在かもしれない。

竜門はそんな想像をしていやな気分になった。『ジキルとハイド』あるいは、スティーヴン・キングの『ダーク・ハーフ』――。

そうではない、と竜門は思い直した。

『族狩り』も赤間も、実在の人物であり、そのふたりは同一人物なのかもしれない。

竜門はひそかにかぶりを振った。

「あんたはいろいろと参考になることを教えてくれた。帰っておとなしくしてるんだな。真理ちゃんのためにも」

「あなたはずるい人だ。すぐに彼女の名前を出す。彼女の名前を聞けば、僕が何もかも反省して、家に帰りおとなしくテレビでも見ていると考えてるようですね」

「そのとおりじゃないのか?」

「彼女は関係ありません」

「じゃあ、早いところ、関係を結ぶんだ」

「赤間が本当に『族狩り』なのか、そうでないのか、知りたいんです」

「それは警察がやる」

「それでは遅いのです」

「なに……?」

「もし、赤間が犯人だとしたら、警察につかまるまえに『族狩り』をやめさせたいのです」

「今やめたとしても、これまでの罪が消えるわけじゃない」

「どれほどの罪だというのです」

「渋谷署の管内《ウチ》だけでも、すでに十四人の少年たちを病院送りにしている」

「相手は武器を持った暴力的集団です。正当防衛でしょう」

「そういうことを判断するのは俺たちじゃない。裁判所なんだよ」

「とにかく、僕はもう知っていることは全部話しました」

「これから、どうするつもりだ、先生」

「帰ります。どうせ、どこへ行こうと、いっしょに来るつもりでしょう?」

「そのとおりだ」

恵比寿駅からJR線で渋谷へ行き、渋谷から東急新玉川線に乗った。電車は混んでいた。

下りの電車は遅くなるほど混み始める。

辰巳と竜門は、電車のなかではほとんど口をきかなかった。

電車を降り、駅の階段を上がりきったとき、辰巳はぽつりと訊いた。

「先生、赤間の傷の具合はどの程度なんだ?」

「僕にも、患者のプライバシーに関する守秘義務があるんです」

「法廷で証言するほど正確なこたえを期待してるわけじゃないんだ。例えば、今夜、どこかへ行って、素行の悪いガキどもなんかをぶちのめすことは可能かどうかが知りたいんだ」

竜門は答えた。

「どちらとも言えませんね」

「そうか……」

辰巳は足もとを見たまま歩いていた。それ以上食い下がろうとはしなかった。

やがて、竜門整体院があるマンションが見えてきた。

「じゃあな、先生」

「おやすみなさい」

「おとなしく部屋にいることだ」

「僕がこれから出かけるかどうか、見張ったりしないのですか?」

「しない」

「それを聞いて安心しました」

「刑事にだって休息は必要なんだ」

辰巳は歩き去った。

竜門はしばらくそのうしろ姿を見送っていた。辰巳は本当に引き返してはこないようだった。

やがて辰巳は、角を曲がり、その姿が見えなくなった。

竜門はそれでも用心していた。その角のところから、じっとこちらをうかがっているかもしれない。

しばらく様子を見ていたが、その気配はない。

竜門は、駅前の通りまでそっと引き返し、タクシーを拾った。

渋谷区東と広尾の間を通る駒沢通りに戻ってきたのは、十一時半を少し過ぎたころだった。

このあたりで、『族狩り』の事件がたて続けに起こっている。竜門はそのことに何か意味があるのではないかと考えていた。

繁華街の六本木が近いというのに、このあたりは静かだった。

十二時まえでは、暴走族が現れるとは思えなかった。

警察もこのあたりのパトロールを強化しているだろうと竜門は思った。

暴走族を相手に何かしようと思ったら、車が必要だと、つくづく思った。彼らは常に移動している。

だとしたら、『族狩り』も車に乗っているはずではないかと竜門は気づいた。駒沢通りを歩きながら、近くにそれらしい車が駐車していないかどうか調べた。

竜門はプロフェッショナルではないので、勝手がわからない。自分が、どういう車を探し求めているかすらわかっていないのだ。

それでも彼は、車を見つけては、さりげなくそのなかをのぞいてみたりした。

ずいぶん時間を費やしたように感じたが、時計を見ると到着してから二十分しか経っていなかった。

ふと、遠くからバイクの排気音が聞こえてきた。暴走族特有の空吹かしを繰り返しながら近づいてくるように聞こえる。

竜門は、信号のそばにたたずみ、そのバイクの姿を求めて道の左右をしきりに眺めた。

やがて、排気音は、はっきりしてきて、どちらの方角からやってくるのかもわかるようになった。

バイクは、駒沢の方角からやってくる。

エンジンの空吹かしを交互に繰り返している。バイクは二台だ。みるみるヘッドライトが近づいてきた。

二台のバイクは、あっという間に竜門のまえを通り過ぎた。

やはり、車がなければだめか……。

そう思ったとき、バイクは右折した。住宅街のなかに入っていく。

妙なところへ向かっている……。

そう思ったとき、すでに竜門は道を渡って走り出していた。

駒沢通りは、タクシーが行き来している。竜門は、バイクが曲がった交差点へやってきた。

バイクの排気音はまだはっきりと聞こえている。遠ざかっていくようには聞こえない。

しばらく音を追って走ると、その理由がわかった。二台のバイクは、あるマンションのまえに停《と》まっていた。

ふたりの若者がバイクにまたがったまま、地面に足をつき、さかんにエンジンを吹かしている。

ふたりともヘルメットをかぶっていない。暗いせいで、黒っぽい服を着ているように見える。本当に黒なのかもしれない。

ひとりは、パンチパーマをかけている。もうひとりは、暴走族やツッパリによく見られるリーゼントだが、前髪を高々と持ち上げ、さらにその前髪の色を抜いている点が、ただのツッパリとは違うように見えた。

マンションの陰から、またひとり、バイクを引っ張って出てきた男がいた。その若者はほとんど坊主刈りといっていいほど短く髪を刈っていた。

まるで野球部員か何かのように見えるその若者が、すそをしぼっただぶだぶのズボンに、これも、ひどくだらしのない感じがする上着を着て改造バイクを押している姿は奇妙に思えた。

竜門は、その三人に近づいた。

三人が走り出してしまったら、話を聞くこともできない。

竜門に最初に気づいたのは、坊主刈りの若者だった。顔つきは少年だが、その眼や表情は一人前の悪党だった。

その若者は落ち着き払っていた。

「何だよ、てめえ」

一番うろたえているらしいパンチパーマの若者が、そうわめいた。

9

「静かにしろ」

竜門は言った。「話ができない」

「おっさん、殺されてえか」

パンチパーマをかけた谷岡が言う。さきほどから彼がひとりでしゃべっている。それだけ不安なのだ。

相手がたったひとりで、それほど体格も立派ではない男だったので、三人の暴走族は自信を持っているようだった。

リーゼントの金子が、竜門を小ばかにするように、スロットルをひねって、けたたましいエンジン音を立てた。

谷岡も、最初は『族狩り』が出たのか、と緊張したが、竜門の風体は明らかに『族狩り』とは異なっていた。

彼らは、竜門が、騒音について苦情を言いに来た、世間知らずだと思っていた。

竜門は、さっと手を伸ばして、金子の右手首を握った。

その瞬間に、手首の表側にある陽池《ようち》と、裏側にある神門のツボを決めていた。

金子は悲鳴を上げてアクセルをはなした。

金子はたまらず、竜門の手を左手でつかもうとする。反射的な行動だ。

竜門はつかまれても気にしなかった。ツボを決めているほうが強い。少し力を入れればそれだけで相手はまた悲鳴を上げる。

谷岡がバイクから降りてきた。シートの脇にくりつけてあった木刀を抜いた。

「ふざけやがって！」

谷岡は右手だけで木刀を持ち、いきなり殴りかかった。頭を叩き割る勢いだ。

この類《たぐい》の少年たちは、怒りをまったく制御しようとしない。一種の情緒障害かもしれない。そして、その怒りにまかせた行動がどういう結果を生むかも考えようとしない。考えられないのだ。

谷岡が振り降ろした木刀が竜門の頭に当たったら、頭蓋骨《ずがいこつ》は砕け、竜門は即死していたかもしれない。

竜門は谷岡が木刀を振り降ろそうとするその瞬間に、一歩近づいて、喉をはさむように突き上げた。

親指と、他の四指を両側から顎《あご》の骨の下に突き入れてやると、谷岡は何もできずにのけぞった。

竜門は、そのまま、左手で、木刀を握っている谷岡の右手をつかんだ。一歩入身になると、谷岡はあおむけに倒れる。

竜門は木刀を踏みつけた。

木刀と地面に手の甲をはさまれ、谷岡は、悲鳴を上げてもがいた。手の甲には、中渚《ちゅうしょ》などのツボがあり、急所のひとつだ。

「クソダラァ……！」

まったく同様に金子が木刀をシートの脇から引き抜いて振り上げた。竜門はさきほどよりさらに早いタイミングでインファイトした。金子が振り降ろすよりも早く、その肘《ひじ》を左でおさえたのだ。

ほぼ同時に、右の掌底《しょうてい》でまっすぐに顎を打った。打った瞬間に、わずかに手首に角度をつける。

そうすることによって、金子の首が左側へ振られた。

「え……」

金子は、一瞬、脳震盪を起こし、上下の感覚がなくなる。

すかさず、竜門は、左右から顎に向けて、掌底を三連打した。

金子は、泥酔したように足をもつれさせ、そのまま眠った。

谷岡は、再度、竜門の背後から木刀で襲いかかった。

竜門は実に無造作に、後方に踵《かかと》を突き出した。無駄な力みのないストレートの後ろ蹴りだった。

カウンターになり、やはり、谷岡の顎に決まった。

「が……」

谷岡は、妙な声を出してその場に立ち尽くした。やはり脳震盪を起こしているのだ。

すかさず、逆の足であおり蹴りを見舞う。足を内側に回す蹴りだ。中国武術では反蹬腿《はんとうたい》と呼ぶ。

本来はくるぶしか、足全体を相手の側頭部に叩きつけるのだが、このとき竜門は、足先を顎にかすらせるようにした。

それで充分だった。谷岡は足に力が入らなくなり、その場に崩れ落ちた。しばらくはダメージは消えない。

小田島は、それでもバイクから降りようとしない。

その態度を見て、竜門はこの小田島がリーダー格だと悟った。小田島のそぶりは、はったりではなかった。

確かに、彼はおもしろがっているようなのだ。

リーダー格ということは、このふたりよりもやるのだろう――竜門は思った。

彼は警戒しつつ言った。

「まともに話が聞けそうになかったんでな……。仲間に眠ってもらうことにした」

小田島はひどく静かな声でこたえた。

「別にかまわねえよ」

今にも忍び笑いを洩らしそうな表情だった。

なぜか、竜門は背筋が寒くなるような気がした。しかし、その気持ちを決して外へは出さず、言った。

「聞きたいのは『族狩り』のことだ」

「ほう……。今夜は、あんたも立派な『族狩り』じゃねえか」

小田島の声は、まるで催眠術師の声のように静かでおだやかだ。

「このあたりに続けて現れているやつのことだ。何か心当たりはあるのか?」

「さあな……。あんた、いったい何者だ?」

「『族狩り』の正体を知りたがっている物好きさ」

「正体を知ってどうする?」

「そのときに考える」

「そいつに会ったら言っとけよ。俺たち、ナメてんと、けがだけじゃ済まねえって……。おっさん、あんたもだぜ……」

「伝えておく。そのためにも正体を知らなければならない」

そのとき、ふと、小田島の視線が動いた。竜門の背後の暗闇をすかし見たのだ。

だが、それはフェイントかもしれなかった。戦いに長《た》けた者ほど微妙なフェイントを使うものだ。

竜門が振り向いたとたん、バイクで突っ込んでくるかもしれない。

こいつなら、それくらいやりかねない——竜門はそれを肌で感じ取った。

小田島は言った。

「俺はその『族狩り』にゃ会ったことはない。だが、仲間の噂によると」

小田島は、また竜門の背後へ視線を移した。そして、顎をしゃくる。「あんなやつだと思うが……」

竜門は迷ったが、結局、振り向いた。

そこに、男が立っていた。

ボンバージャケットにストレートのＧパン。アポロキャップをかぶり、サングラスにマスクをかけている。

巨漢だった。

竜門は、ある衝撃を感じて、その男を見つめていた。

今、竜門を攻撃すれば、小田島にも倒せたかもしれない。だが、小田島は手を出そうとしなかった。

彼はきわめて利口な男のようだった。

今、竜門を倒しても『族狩り』がいる。このままにしておけば、竜門と『族狩り』が勝手に何かを始めてくれそうなのだ。

少なくとも、直接の自分への被害は小さくなる、と小田島は踏んだのだった。

小田島の読みは正しかった。

『族狩り』は突然走り出した。駒沢通りの方角へ向かっている。

竜門は迷わずそのあとを追った。ふたりの間には、約二十メートルほどの距離がある。

いくつか角を曲がると、竜門はその姿を見失ってしまった。駒沢通りまで出たところで立ち止まり、あたりを見回す。

「見失ったか……」

竜門がつぶやいたとき、急発進した車があった。

濃紺のシビックだった。暗いために、その車は、竜門の眼には黒に見えた。竜門は、車に詳しくはないので、車種はわからなかった。ナンバーも見えない。

だが、その形だけは、はっきりと記憶した。

もう暴走族たちに用はなかった。眠らせたふたりがそろそろ目を覚ますころだ。

そうなると面倒なことになるかもしれない。竜門は早々にそこを立ち去ることに決め、やってきたタクシーの空車に手を上げた。


タクシーのなかでも、家へ帰ってからも、ずっと考えていた。

『族狩り』の顔はまったく見えなかった。

しかし、竜門は職業柄、一度触診し、視診した体つきは忘れない。

あれは赤間忠に間違いなかった。

百パーセントそうだとは言えない。しかし、もう竜門は自分を説得することはできそうになかった。

彼は、『族狩り』が赤間であることを認めた。

あのとき、『族狩り』——つまり赤間忠は、竜門のことを見ていた。

赤間は僕だと気づいただろうか?

竜門は思った。

あそこは暗かったし、距離もあった。その上、竜門は、昼間の施術室とは、まったく別人といえるほど印象が違う恰好をしていた。赤間が気づいたとは限らない。

では、あの場から赤間が逃げ出したのはなぜだろう?

赤間は、そこに見知った者がいたために、正体を知られるのを恐れて逃げ出したのではないか?

だが、単なる警戒心のせいとも考えられる。森の小動物が、何かに出っくわしたとき、まず逃げようとするように、警戒心を抱いている人間は、反射的にその場から姿を消そうとする。

どちらとも言えなかった。

施術のとき、今度は十日くらい後に来るように、と竜門は赤間に言った。

しかし、こうなっては十日も待っているわけにはいかないと思った。十日後に赤間がやってくるという保証もない。

こちらから赤間に会いに行かなくてはならない。竜門はそう思った。

そして、ひとり部屋のなかで苦笑した。

(なるほど、何のために、と辰巳が苛立つのもわかる)

竜門は心のなかでつぶやいていた。(私自身、何のためなんだか、わかっていないのだからな……)

翌日は土曜日で、午後は休診だった。

竜門は、昼食を真理といっしょに食べることにした。彼女と食事をするのは実に久し振りだ。

少し足を伸ばして二子玉川園まで行き、イタリアン・レストランに入った。イタリアの家庭料理を売りものにしている小さな店だ。

竜門は野菜とベーコンのスープに、仔牛のステーキを注文した。真理は同じスープに、ウニのパスタをたのんだ。

竜門はいつものように愛想がなかった。だが、真理はまったく気にしていないようだった。

「先生、寝不足ですか？」

「どうしてだ？」

「顔に出てます」

「そうか……？」

竜門は、昼間はいつもぼんやりとしているように見える。彼の体調を読み取る芸当は真理にしかできない。

「夜遊びですか？」

「考えごとしてたら、寝つけなくなっちまったんだよ」

「『族狩り』のこと？」

「え……？」

不意を衝《つ》かれ、思わず竜門は真理の顔を見ていた。こんなとき、竜門はまったく無防備に見える。

「辰巳さんがうらやましい」

「なぜだ……？」

「先生と秘密を共有してる」

「秘密なんてないんだよ……」

「あたし、忘れてませんからね」

「何をだ？」

「先生は、いつか、あたしに秘密を話してくれるって言ったんですよ」

竜門はうなずいた。ここで白《しら》を切ることはできない。

「そうだったな」

「いつ話してくれるんです?」

「近いうちに……」

「近いうち……?」

竜門は顔を上げて、真理の顔を見た。

「それを話すには、僕にも覚悟がいるからな……」

すべてを話すというのは、すべてを許しすべてを託するということなのだ、というニュアンスを込めたつもりだった。

それが真理に伝わったかどうかはわからない。

たぶん、伝わらなかっただろうと、竜門は思った。

異なる文化に属する二人が出会ったとき、はっきりと言葉に出さないと思ったことは伝わらない。

男と女も同じだ。男と女は同じ民族であっても別の文化を生きている。

「また、何か危険なことを考えているんですか?」

「なぜ、そう思う?」

「辰巳さんが頻繁に姿を見せるようになり、先生は寝不足……。これって、先生が何か危ないことをやろうとしている前兆じゃないですか」

「心配ないよ」

竜門は、正直、唖然としていた。

「別に心配はしてません。先生のこと、心配しても無駄だってわかってますからね」

竜門は少し間《ま》を置いて言った。

「すまんな……」

この間《ま》にも意味を持たせたつもりだった。しかし、伝わるまいな、と彼は思っていた。

言葉に出さなければ、伝わりはしないのだ。

「でも、いつまでも待ってると思わないでくださいね」

竜門は、この言葉を、衝撃を感じながら聞いた。象徴的な台詞《せりふ》だ、と思った。

「待っている……？」

「ちゃんと秘密を話してくれるのをですよ」

「ああ……。だが、おそらく君が思っているほど大それた秘密じゃないぞ」

「秘密の大きさというのは、持っている人と聞かされる人、秘密にする人、される人、それぞれに皆、違うんじゃないですか？」

「そうかもしれないな……」

料理がやってきて、ちょっとの間、話が中断した。

その間を巧みに利用して、真理は話題を変えた。見事な演出ぶりだった。

食事が終わり、店の外へ出たとき、竜門は言った。

「すまない。ちょっと用事があるんだ。ここで失礼してかまわないか？」

「そうね……。昼ごはん、おごってくれたから許してあげるわ」

真理は二子玉川園の駅に向かった。

そこから瀬田一丁目までは歩いて行ける距離だった。

真理の姿が見えなくなるまで見送ってから竜門は歩き出した。電話帳で調べた住所を頼りに、修拳会館を探した。

探すのに、それほど苦労はしなかった。何カ所かに看板が立ち、矢印がついていたのだ。

勢いのある会派は違うものだ、と竜門は思った。

街中に道案内の看板を出せる道場など、そうあるものではない。

修拳会館の本部道場は、マンションの一階にあった。竜門の記憶によると、修拳会館の大手スポンサーのひとつが、不動産会社だった。このマンションも、その会社の持ち物なのだろう。

有力なスポンサーがいないと、今どき、武道家は自分の道場すら持てないのだ。

道場はガラス張りで練習風景が外から見えるようになっている。マンションは、住宅街にあるが、バス通りに面しており、宣伝効果もありそうだった。

竜門は、出入口に立ち、一礼した。

道場のなかでは、子供たちが練習している。

下座に正座して見学しようと竜門は思った。それが、武道家としての心得だ。

しかし、道場には神棚がない。どこが上座でどこが下座なのかわからないのだ。

それに、床に正座している者もいない。

どうやら、習慣が違うようだと竜門は思った。しかたがないので、戸口のそばに立っていた。

床は板張りだが、窓の近くには、ロープを張り、マットを敷きつめたリングが作ってある。

サンドバッグが二本ぶら下がっており、ちょっと見ると、ボクシング・ジムのようだ。

長く太いほうのサンドバッグで蹴りの練習をし、短いほうでパンチの練習をするのだ。

子供たちを指導しているのは、若い黒帯だった。言うことをきかない子供に手を焼いている。こういうところは、どこの道場でも変わらないらしい。

四十過ぎの黒帯が近づいてきた。竜門はそれに気づき、礼をした。

黒帯の男は、笑顔で尋ねた。

「入門ご希望ですか?」

「いえ……」

竜門は名前を言った。「赤間選手の治療を手がけているのですが……。今日は、彼の様子を見ようと思い……」

「それはどうも……。しかし、治療と言われましたか?」

「正しくは施術ですが……」

「赤間、どこか悪いんですか?」

けがのことは、修拳会館の人間には言っていないのかもしれない。

「かなり肉体を酷使なさってますからね……」

「ははあ、なるほど……。赤間はまだですが、じき、やってくるはずです。……おっと、噂をすれば、です」

彼は大きな窓のほうを指差した。竜門はそっちを見た。

濃紺の車が停車するところだった。

間違いなく、ゆうべ、走り去った車だった。

10

濃紺のシビックから赤間が降りてきた。

赤間は玄関にやってくると、大きな声で、「オス」と挨拶した。

「おい、赤間」

中年の黒帯が声をかけた。「お客さんだ」

赤間は竜門を見た。

竜門は、その瞬間の反応を見逃すまいとした。

赤間は、目を丸くして言った。

「先生……」

心底、びっくりしたような表情だった。警戒心や猜疑《さいぎ》心、怒りや憎しみ、その他の感情は見られない。

「ちょっと近所まで用があったので寄ってみました」

竜門は言った。

観察の眼はあいかわらず厳しい。患者の体調を、相手の顔色、態度、しぐさ、物腰などで正確に見抜く整体師の眼だ。

その眼は同時に武術家の眼でもある。

武術には『眼付《めつ》け』という言葉がある。一般には、相手が攻撃してくる方向をしっかりと見ることをいうが、本来は違う。

やはり、顔色や相手の立ち姿で、相手の体調を見抜くことをいうのだ。整体の見立てとまったく同じだ。

例えば、相手の顔——特に目の周辺が妙に青味がかっているとする。そうすると、相手はおそらく肝臓が弱っているはずだ、とわかる。

顔色が黒ずんでいれば腎臓を患っている。

勝負のときは、その弱いところを攻めるのだ。

また、骨格の歪みを発見することは、相手の得意技と弱点を知ることに通じる。その歪みは立ち姿にあらわれる。

肝臓をいためているということは、肝臓に気が通らず、そのために、足の内側に弱点がある。

腎系もやはり足の内側の線にくる。そこを中心に攻める。

そういう具合に見ていくのが、武道本来の『眼付け』なのだ。古来、武道・武術と整体が同時に発達してきたのも必然なのだ。

竜門はその武道整体の流れを汲《く》む、常心流整体術を修めている。彼の眼は、整体師の眼であると同時に武術家の眼でもあるのだ。

その眼にも、赤間の不自然な緊張を見て取ることはできなかった。

やはり、私だと気づいていないのか……。

竜門は思った。

赤間が大きな声で言う。

「いやあ、主治医がいてくれたら、練習中も心強いな」

「僕は医者じゃありません」

「もしかしたら、医者よりも頼りになる」

「時と場合によります。僕らは、輸血も手術もできませんからね」

「着替えてきていいですか？」

「ええ、どうぞ。僕はここで見学させてもらいます。どういう稽古をしたら、あんな傷ができるのか興味があります」

赤間は笑顔を見せた。

竜門には、一瞬それが不敵な笑いに見えた。

赤間は、ぐいと近寄り、声を落として言った。

「あの傷のことは、道場の連中には内緒に願いますよ」

「なぜです？」

「あれは秘密の特訓のせいなんです」

「ほう……」

「修拳会館では、年に一回、独自のトーナメント大会を開いていますからね。仲間もそのときばかりは敵となります。優勝を狙うには普段から秘密の特訓も必要になるわけですよ」

「特訓というのは、ストリートファイトのことですか？」

赤間は、また笑った。

今度は、不敵な感じはなく、わずかに戸惑いが見えた。

「まさか……」

彼は、着替えるために竜門から離れた。

そのとたん、竜門は、今まで、自分の体に力が入っていたのを感じた。

無意識のうちに緊張していたのだ。それくらいに赤間忠の体格は威圧的だ。

赤間は空手衣《からてぎ》に着替えてきた。フルコンタクト用の空手衣だ。

一般の空手衣よりも生地が比較的薄手にできており、袖《そで》が短くズボンのすそが長い。

赤間はその袖をさらにまくり上げている。彼は竜門に言った。

「いつものとおりに稽古するんで、好きなだけ見て行ってください」

竜門はうなずいた。若い白帯の稽古生がパイプ椅子を持ってきてくれた。

竜門はそれに腰かけて、見学を始めた。

他人の稽古を見学するのは、通常ならば退屈なものだ。特に、空手の稽古は単純な反復練習が多い。

しかし、このとき、竜門は決して退屈などしなかった。

彼は、赤間の一挙一動を見逃すまいとした。赤間の実力を正確に知っておく必要があると、彼は感じていたのだ。

そして、できれば、彼の弱点を……。

まず、赤間は念入りにストレッチを始めた。かなり時間をかけている。

自分の体がどれくらいいたんでいるか、彼は充分に自覚しているのだ。ダメージのある体を動けるようにするには、ストレッチが一番いい。

さらにストレッチは、けがの予防にもなる。柔軟体操を嫌う者は、格闘技には向いていない。

格闘技には柔軟な体が不可欠だ。例外はない。ストレッチが終わると、シャドウを始める。鏡に向かい、軽く流し気味にやる。汗ばむくらいにシャドウをこなしたあとは、サンドバッグに向かう。

かなり集中してサンドバッグによる練習をした。

まずパンチ。

ショートフックから始める。そして、左のジャブ。次に左右のストレート。ロングフックのあと、コンビネーション・パンチへと移った。

コンビネーション・パンチにはさまざまなパターンがあった。

最後に、ダックしてからのコンビネーション・パンチなど、体さばきを入れたパンチの練習をした。

そのころになると、赤間の全身から汗がしたたり始める。

キックは、ローから始め、ミドル、ハイと上がっていく。

ほとんどが回し蹴りだ。前蹴りも出すが、上足底で蹴り込むというより、足裏全体で突き離すように蹴っている。

事情をよく知らない伝統的な空手の師範連中が見たら、基本ができていない、と眉をしかめるに違いない。

だが、フルコンタクト系の空手には彼らなりの言い分がある。

実際の打ち合いで、前蹴りはあまり効果がないのだ。前蹴りでダウンを狙えることはあまりない。

基本どおりに上足底で蹴ると、打撃のポイントがごく小さくなる。点で当たる感じになるのだ。

素手で殴り合うより、グローブをつけたほうがダウンの率が高くなるのはよく知られている事実だ。それは、衝撃が広い範囲で伝わるからだ。

衝撃を点でしか伝えられない基本の前蹴りは、ダウンを狙うという目的にはあまり適していない。

それよりも、すねから足の甲にかけての広い範囲で衝撃を伝える回し蹴りのほうが彼らの目的には合っているのだ。

また、前蹴りはスナップにより威力を発揮するが、回し蹴りでは回転の勢い、つまり角運動量を利用する。

このほうが、相手の体を大きく揺らすことができる。頭を狙った場合、この大きく揺らす作用がノック・ダウンの率を高めるのだ。

そのため、フルコンタクトでは、前蹴りは間合を取るために相手を突き離したり、相手の突進をストップさせるために使われる。

相手の体は曲面だ。その曲面をしっかりととらえるために、彼らは上足底ではなく、足裏全体を使うのだ。

しかし、それは、あくまでリングの上でＫＯを狙うという限定された目的のために特殊化された蹴りかもしれない。

ただちに相手を無力化し、あるいは殺すことを目的とした場合は、また話が違ってくるのだ。

だからこそ、竜門は今でも、伝統的な基本の蹴りを使う。

赤間の回し蹴りの威力は、見ていて背筋が寒くなるほどだった。

一発ごとに、サンドバッグを吊るす鎖が悲鳴を上げる。

重たいロングのサンドバッグが大きく揺れる。

竜門は、赤間の体重が一〇〇キロ近くあるだろうと読んでいた。少なくとも九五キロはある。

その体重を浴びせるように蹴るのだ。蹴りにはスピードがあり、無駄なモーションがまったくない。

回し蹴りは、慣れてくると、選手によってさまざまなモーションがついてくる。バランスを取る方法が、人によって異なるからだ。

一流の選手はさらにそのモーションを練習によって取り去るのだ。

赤間の回し蹴りは一級品だ。

楽な立ち姿勢から一瞬にして腰を回し、すねと足の甲をサンドバッグに叩きつける。その一瞬で、見事に体重を乗せている。

その重心移動を可能にしているのは、軸足のバネだ。

蹴る瞬間に、軸足が床を蹴る。踵が上がりさらに、踵がスムーズに前方に移動する。

竜門は、左右の蹴りのバランスをつぶさに観察した。

右の蹴りのほうが威力がない。その理由はすぐにわかった。

右の肩から肩甲骨にかけてのひどい打撲傷だ。回し蹴りは強力な角運動量を得るために、体のひねりを最大限に利用する。

まず上体が動きをリードするのだ。そのねじれと反動が体を伝わり、最後に蹴り足の膝のスナップへとつながっていく。

そのため、回し蹴りには、脇腹と背の筋肉——外腹斜筋、広背筋、大円筋が重要な役割を果たす。回し蹴りは脇腹で蹴るといってもいい。

赤間は、その脇腹と背中の筋肉のうち、背中のほうを傷めている。

その点を差し引いて見れば、左右の蹴りのバランスはとれていた。

赤間はサンドバッグに長い時間を割いた。

ようやくパンチとキックの練習が終わり、彼は一息ついた。

さきほどの中年の黒帯が赤間に言った。

「茶帯のスパーに付き合ってくれんか?」

「いいっすよ」

赤間は、壁に下げてあった赤いグローブを取り、手に着けると、リングに上がった。リングといっても、床との段差は十センチほどしかない。

ヘッドギアをつけた茶帯がリングに上がり、頭を下げた。まだ高校生くらいの少年だ。彼は緊張のため、蒼《あお》ざめて見える。

相手が誰であれ、戦うのはおそろしいものだ。相手が、道場のチャンピオンとなれば、すくんでしまうのもわかる。

中年の黒帯がゴングを鳴らした。

赤間は、少しずつ間を詰めていく。相手はおびえて、ずるずると退《さ》がっていった。

やがて、相手は、ロープ際まで追い込まれた。これまでの空手だとそこで場外を取られかねないが、修拳会館はそれを防ぐためにリングを採用したのだ。

相手の少年はロープに背が触れたとたん、左へ移動して逃がれようとした。しかし、赤間は逃がさなかった。大きく右へサイドステップして、少年の正面に立ちはだかる。

少年は苦しまぎれに、ワンツーから、右のローキックへとつないだ。フルコンタクトでは基本的なコンビネーションだ。

少年は及び腰だった。腰の入らぬ蹴りは何の威力もない。

赤間は、余裕をもって踏み込み、ジャブとボディーブローのコンビネーション・パンチを出した。

顔面をとらえた最初のジャブで、相手は戦意を失っていた。レバーをとらえたアッパーのボディーブローはとどめとなった。

中年の黒帯が「止《や》め」をかけた。

少年がリングを去り、別の若者が入った。やはりヘッドギアをしている。

そのヘッドギアから、パーマの赤毛がのぞいている。やはり、高校生くらいの年齢だ。

ゴングが鳴る。

赤間の間の詰めかたがさきほどよりも早い。赤間は積極的に攻める気でいるのだ。

相手は、負けじと先制攻撃を始めた。ジャブ、フック。さらに、ジャブ、ショートフック、アッパーの三連打。
赤間は巧みにブロックしている。早いコンビネーションは、なかなか払うことができない。

腕を曲げてブロックし、あとは、スウェイ、ダック、ウィーブ、スウィングなどの上体の動きでかわすのだ。

ボクシングのテクニックは、空手や拳法とは別系統の発展をした。連打を多用するせいだ。

そして、ボクシングと同様に、直接グローブをつけて打ち合い、ノックアウトを狙う空手は、必然的にテクニックもボクシングに似てくる。

ならば、空手などと名乗らずに、ボクシングをやっていると言えばいい——竜門は、別に不愉快なわけではなく、単純にそう思った。

蹴り技が好きなら、キックボクシングをやればいいのだ。そのほうが、よっぽどすっきりするのではないか——竜門は思った。

フルコンタクト系空手は、本来の空手たるべき要素を失っている。それでも空手の名にしがみつくのは、いったいなぜなのだろうと竜門は不思議に思うのだった。

とにかくパーマの赤毛の手数は多かった。

だが、コンビネーションからコンビネーションに移るときに、わずかの間がある。まだ充分にテクニックが体に馴染《なじ》んでいないのだ。

攻撃が尽きた瞬間、あるいは、攻撃と攻撃の間はたいてい隙となる。

赤間にとっては、その隙を衝《つ》くなど簡単だった。

赤間は、相手のショートフックからのワンツーに合わせた。最後のストレートの直後、ジャブを出す。

相手の引き手を、パンチが追うようなタイミングだ。これはかわせない。

まず、左のジャブ。すぐに右のローキック、左のミドルキック。右のフック。

対角線の攻撃。つまり、左上に続き、右下、左の下に続き、右の上、という具合に攻撃するのだ。

これは、相手が最も防御しづらい攻撃だ。赤間は、それを自然にものにしている。

その四発で終わりだった。最後のフックをくらったとたん、茶帯はリングの上に尻もちをついていた。

ふたりを相手する間、赤間は上体にまったくパンチを触れさせなかった。これならば、打撲傷もあまり影響はない。

赤間は汗をふくと、ウエイト・トレーニングを始めた。

ベンチプレスとバーベルをかついでのスクワットを重点的にこなしている。

プロレスラーたちと戦うためには、ウエイトを増やす必要があったのだろうと、竜門は思った。ベンチプレスによって養われる大胸筋や、スクワットによって作られる大腿部の筋肉は、短期間に体重を増やしたいときには便利な筋肉だ。ボリュームが大きいので筋力トレーニングによって体重を増やすことができるのだ。

約二時間のトレーニングが終わった。

赤間はシャワーを浴びに行った。

中年の黒帯が竜門に近づいてきた。

「どうです？　練習をごらんになって……。赤間の調子……」

「悪くないと思います」

「失礼。申し遅れました。私、責任者の大谷《おおたに》と申します」

「大谷修一《しゅういち》館長……」

「はい」

竜門も名前だけは知っていた。まさか、館長が真っ先に、来客に声をかけるとは思っていなかったのだ。

「彼はたいした男でね……」

大谷修一館長は言った。

「は……？」

「赤間ですよ」

「あぁ……」

「二年前までは、普通の大学生だったんですよ。この二年間、毎日、猛練習をしましてね……。体格まで変えちまった。それこそ、自殺しようとしてるんじゃないかと思うほどの稽古ぶりでした……。この私も、あんな練習はしたことがありませんでした」

「彼は格闘技の世界で突然、スターになった……。その裏にはそんな猛練習があったのですね」

「本当に死ぬつもりだったのかもしれません。二年前に恋人を亡くしましてね……」

「ほう……。病気か何かで……？」

大谷館長は、言葉を濁した。

「詳しくは知りません。だが、彼は立派にその悲しみを乗り越えた。私にはそのことのほうが重要に思えますね」

「そうですね……」

赤間が着替えて出てきた。

竜門は尋ねた。

「いつも、この程度の練習を？」

「いやいや。今日は、調整です。普段は五時間くらいやりますかね……」

「思ったより順調に回復しているようですね。ただ、くれぐれも油断はしないで下さい。小さな傷が命とりになることだってあるんです。では、僕はこれで失礼します。昨日、言ったとおり、一週間か十日の間に、また整体院のほうにいらしてください」

「先生、タメシ、いっしょにどうです？」

「いや、せっかくですが……」

「じゃ、今度は真夜中の散歩中に誘いますよ」

竜門は脳天を殴られたような気がした。

咄嗟《とっさ》に振り返りそうになった。だが、顔を見られたくなかった。赤間の顔を見たくもなかった。

赤間は竜門に近づき、そっと言った。

「目障りなやつは、すべて敵とみなす。どういう意味か、わかるかい、先生」

竜門はそのまま修拳会館を出た。

11

竜門は、どこをどうやって帰ったか覚えていなかった。半ば条件反射的に電車に乗り、駅で降り、改札を出て、部屋まで歩いていた。

それくらいに、赤間の一言はショックが大きかったのだ。

赤間は見事に演技した。

まるで、昨夜は、竜門だと気がつかなかったかのように振る舞った。

会うまでは、竜門も昨夜見られたことを覚悟していた。しかし、赤間の演技にだまされてつい気を抜いてしまったのだ。

その虚を衝かれた。

竜門は振り向きざまに、顔面をきれいに殴られたときのような気分だった。

手も足も出ずにノックアウトだ。

竜門は赤間を、まだ甘く見ていた、と反省した。

赤間は、誰もが驚く体格をしており、プロレス団体主催のリングにも立っている。体力は通常のレベルをはるかに超えているはずだ――竜門はそう思っていた。

それだけでも充分におそろしい。

体力は技を超えることがある。技が未熟な場合なのだが、自分の技は、プロレスラーの体力をも凌駕《りようが》する、と言い切れる武術家は少ない。

そして、竜門は赤間が体格や体力だけでなく、兵法にも長《た》けていることを思い知らされたのだった。

兵法を知る者は手強《てごわ》い。

もし、赤間忠が体力だけの単純な男なら、道場で竜門を見たとたん、度を失ってわめき散らしていただろう。

だが、赤間は、まるで何も気づいていないかのように振る舞った。そして、竜門を安心させておいて、強烈な一撃を加えたのだ。

効果的なたったひと言で——。

竜門は、赤間の様子を見に行かずにはいられなかった。同時に、赤間の手の内を見てやろうという気持ちが竜門の心のどこかにあった。

だが、赤間は、それを見事に逆手に取り、先手をうったのだ。

赤間とのやり取りで、ひとつ明らかになったことがある。

赤間は竜門と戦うつもりなのだ。

いや、すでに戦いは始まっており、初戦は竜門が見事にやられてしまった。心理戦だ。赤間は、邪魔者はすべて排除するつもりでいる。そして彼は、竜門を邪魔者と考えているのだ。

(昨夜、私が暴走族の少年たちを倒すところを、赤間は見ただろうか)

竜門は考えた。

見ていた、と考えたほうがいい、と彼は思った。

となれば、竜門の手の内を、赤間は見て取ったことになる。

それは、竜門が身につけている技のごく一部かもしれない。しかし、技というのは枝葉が多様なだけだ。

その根本理念は、ほとんどの技に共通する。それが流派の特徴であり、個性というものだ。

例えば、根本理念というのは、どのタイミングで相手を制するかという問題だ。

三手か四手、技を見るだけで、その理念を読み取るのが一流の武術家だ。赤間は、そうした兵法を心得ているように見える。

彼は、竜門が使った技を見て、竜門の技の特徴をつかんだかもしれない。

一方、竜門はどうか。

赤間は、竜門のまえで、淡々と練習を続けた。パンチとキックの威力を披露し、スパーリングまでやって見せた。

しかし、手の内は隠したままのはずだ。本気で戦うとき、どんなタイミングで技を出すのか、彼は見せなかった。

考えようによっては、竜門に体力をアピールして見せたともいえる。

向こうが戦う気でいる限り、避けることはできなかった。もともと、こちらからきっかけを作ったのだ。

それに、『族狩り』をやめさせるには、どうやら、それしか方法がなさそうだった。

要するに、赤間のほうが先に腹をくっていた。ただそれだけのことだ――竜門は、そう自分に言い聞かせた。

翌日の夜遅く、竜門は渋谷『トレイン』を訪ねた。渋谷の飲み屋はたいてい日曜日は休みだが、『トレイン』はやっている。

重たいドアを開けると、いつものように、コルトレーンの演奏の攻撃にあった。過激なファラオ・サンダースとのからみが聞こえてくる。

珍しく、客が二組いた。

マスターの岡田は、竜門を見てもにこりともしない。小さくうなずきかける。

竜門は二組の客からなるべく離れてすわろうと思った。

だが、その必要はなかった。ひとりが帰り、それからほどなくもう一人も帰って行った。

「まるで僕が客を追い出したみたいだ」

竜門が言うと、岡田はそれにはこたえずに言った。

「おとといの話だ。せっかちだな」

「あんたなら、一日あれば充分だと思ってね」

「もう二、三日あれば、本人が知らないことまで調べ出せるかもしれない」

「必要ないさ」

「暴走族との関わりを知りたいと言っていたな?」

「女だ」

「ほう……。女ね……」

「赤間の彼女が二年まえに死んでいるはずだ」

岡田はうなずいた。

「あんたが知りたがっているのは、そのことだと思ったよ」

「話してくれ」

「赤間は二年まえまでは、修拳会館でもぱっとしないただの大学生だった。そのころ、高校生の彼女がいた」

「若いカップルだな……」

「その彼女が、暴走族になぶり殺しにされた。別に犠牲者が彼女である必要はなかった。彼女はたまたま女に生まれ、若く、チャーミングだった。そして、その夜、暴走族のガキどもは女に餓《う》えていた」

「なるほど……」

「想像どおりって顔をしてるな?」

「充分に考えられることだからな……」

「それから赤間は、大学もやめて空手に打ち込む。すさまじい練習で、何度もぶっ倒れたという話だ。血反吐《ちへど》は吐くわ、血尿をもらすわというすさまじい稽古の毎日だったそうだ。どういう気持ちだかわかるか?」

「わかるような気がする」

気がするだけだ、と竜門は心のなかで続けた。

自分を痛めつけずにはいられなかったのだろう。練習はつらかっただろうが、心のなかはもっとつらかったに違いない。

修拳会館の大谷修一館長が言っていたように、赤間は死んでもいいと本気で思っていたのかもしれない。

激しい練習――特に下半身の鍛錬などをやると血尿が出ることがある。小便がひどく出づらくなり、灼熱《しゃくねつ》感とともに茶色い小便が出る。

わかっていても気分のいいものではない。竜門も、かつてはそういう稽古をした経験がある。

岡田が続けた。

「暴走族どもは、彼女を見つけ、数人でおさえつけて、車に引きずり込んだ。車のなかで交代で犯し、再び走り出した。走行中に、彼女は車から逃げ出そうとして飛び降りた。走ってる車から飛び降りたらどういうことになるか、なんて考えなかったんだろうな……。とにかく、やつらから逃げ出したかったんだ。そして、アスファルトの上でゴムマリのように弾んで、彼女は死んじまった」

「彼女は突き落とされたのではなく、自分から道路に飛び出した……。その点が問題のような気がする」

「そう。少年たちは、誘拐・略取、監禁、婦女暴行の罪に問われたが、殺人罪ではなかった。あくまで過失致死だったんだ。ガキどもは、少年ということもあり、量刑は軽くてすんだというわけだ。主犯格のガキがたったの三年だ。しかも、こいつは、二年で出て来やがった」

「そのあとは保護監察か……」

「そういうことだな……。ガキと頭のいかれたやつは人を殺してもいいらしい。強姦《ごうかん》もやりたい放題だ。善良な大人なんて、やってられねえよな」

「あんたらしくないな。妙に感情的な気がするが……」

岡田は肩をすぼめた。

「法にたずさわる連中が、何を考えてるのかと思うことが最近よくある。いつだったか、上野で暴走族に注意した青年実業家が、その場で殴り殺されちまった。誰が考えたってこんな暴走族は極刑だ。だが、実際は、主犯がたった六年の刑だ。これも、殺意を証明できなかったから、殺人ではなく、傷害致死ということになったわけだ。この件を手がけた検事や判事は暴走族を見たことがないに違いない」

「裁判というやつは、報道されたことだけじゃなかなか内実がわからないものなんだろう」

「少年法などというおめでたい法律がある。少年の量刑は、だいたいが減刑されるんだ。だが、その考えかたは明らかにおかしい。刑事罰というのは、その人間の人格に加えられるわけじゃない。その人間が犯した罪に対して与えられるわけだ。人格が未熟だという理由で、犯した罪が帳消しにされるのはおかしい。殺された者は浮かばれない」

「専門の学者がちゃんと考えてのことだろう」

「法律は学者のためのものじゃない。俺たちの生活を守るためのものだ」

「そう信じたいものだが……」

　竜門は少々意外な気がしていた。

　岡田は世の中の裏を見尽くした人間で、すでに司法関係者などにはたいした期待を抱いていない類に属しているのだと思っていたのだ。

「俺たちの常識は法の世界では通用しない。ならば何のための法律なんだろうな」

　岡田の口調は、いつものようにのんびりとしており、言葉の内容ほどの激しさを感じさせない。「六十二年十二月。福岡でのことだ……」

　岡田は、やや視線を上に向け、記憶を探るように言った。「少年五人が乗用車を奪い、その持ち主を監禁したうえ、焼き殺しちまった。火をつけられ、断末魔の悲鳴を上げてのたうちまわる被害者を見て、ガキどもは大はしゃぎだった。

　翌年、六十三年二月。名古屋で暴走族がアベックを襲った。女を恋人の目のまえで輪姦し、結局、ふたりを殺しちまった。恨みがあったわけでも何でもない。面白がってアベック一組を殺しちまったんだ。

俺は、この街でガキどもを見て暮らしている。だからわかる。裁判所のなかでふんぞりかえっている連中や、机の上で判例を読んでばかりいる連中は気づいていないかもしれんが、やつらは昔と同じじゃない。少年法を尊ぶ輩《やから》は、少年たちの更生を期待しているのかもしれんが、ワルどものほとんどは更生などしない。悪事を繰り返すだけだ」

「それは言い過ぎだろう」

「残念だが、事実だ。そうとしか言いようがない。昔、ガキどもを叱《しか》る大人がいた。ガキどもは小さいころに、一度は叱られたりひっぱたかれたりした経験があり、心の底に社会の規範というものを多少なりとも刻まれていた。今のガキは大人に叱られたことがない。こわいものを知らず、社会をなめている。更生する素養がもともと欠如しているんだ。たいへんかわいそうだが、育てた大人が悪い。彼らはまともにはなれない。処刑してやるほうがやつらのためだ」

「たまげたな……」

「さすがに、アメリカの裁判所はそのことに気づき始めた。殺人を犯した十七歳の少年を始めとする、少年三人に、『更生するには遅すぎる』として、極刑を言いわたした。この判断は実に現実に即している」

岡田と議論する気はなかった。竜門は尋ねた。

「赤間の恋人を襲った連中のことを聞かせてくれ」

「一日二日じゃわかったことは知れている。逮捕されたのは三人だ。主犯が三年の懲役。あとのふたりは六カ月以上、一年以下という判決だ。控訴はなし。三人は少年ということで名前は報道されなかったが、調べりゃすぐにわかった。主犯の名は小田島英治。あとのふたりは、谷岡和彦と牧誠一」

岡田はカウンターの下からメモを取り出した。三人の名前が走り書きされていた。「『麻布街道覇者《ロードマスター》』という暴走族の幹部だ。小田島英治は、模範囚でな……。さきほど言ったように、三年のところ二年で出てきた」

「模範囚……？」

「ずる賢いやつなんだ。本当に反省したわけじゃない。その証拠に、やつはいまだに『街道覇者《ロードマスター》』のヘッドをやってる。何でも、出所したときには、祝いの大集会が開かれたそうだ」

「保護監察だろう……」

「どうってことないさ。本人が音頭を取ったわけじゃない」

「大集会か……」

「わかったのはそれだけだ」

「充分だよ。事件が起こったのはどこなんだ?」

「詳しくはわからん。小田島の家の近くだということだ」

「麻布か?」

「いや。広尾だ。金持ちの息子なんだよ」

竜門には、その場所がすぐにわかった。

赤間が二度にわたって暴走族たちを叩きのめした場所だ。

竜門は立ち上がった。

「きょうは、興味深いことを知ることができた」

「そうかい?」

「あんたは、とっくに犯罪なんかには慣れっこになっていると思っていた。だが、犯罪を憎んでいるんだな……」

「そいつは間違いだ。俺は犯罪を憎んでいるわけじゃない。人間の行為すべてを憎んでいるんだ」

「コルトレーンの演奏も?」

「そう憎んでいる」

「同時に愛している？」

「そうだ」

竜門は『トレイン』を出た。

タクシーで部屋へ戻った。

マンションのまえに、見覚えのある車が駐まっていた。

濃紺のシビック。今は暗いせいで黒に見える。

タクシーを降りた竜門は、立ち止まってシビックを見ていた。

タクシーが走り去り、しばらくすると、シビックの運転席のドアが開いた。同時に車内灯《とも》が点る。

赤間がゆっくりと身を起こした。

シビックが妙に小さく見えた。

赤間は運転席のドアを用心深く閉めた。なるべく音を立てぬように注意しているような閉めかただった。

竜門が言った。

「本当にメシを誘いに来たのか？」

赤間は肩をさっとすくめて見せた。そのしぐさは、巨体にもかかわらず、たいへん優雅に見えた。

自分の体の動きを自在にコントロールできるほどに鍛えている人間の動作は常に滑らかで美しい。

「何が目的なのか、どうしてもわからなくてね……」

「知る必要があるのか？」

「知らずにぶちのめすのは気が引ける」

「ぶちのめす……？」

「そう。理由はどうあれ。邪魔をする者は、な……」

「奇遇だな。僕も同じことを考えていた」

「何のために？」

「『族狩り』をやめさせるためさ」

「あんた、やつらの仲間とは思えんがな……」

「やつら……？」

「おととい、会ってたじゃないか」

竜門はそのとき、ぴんときた。

「小田島か？」

おととい会った、あの妙に落ち着き払った少年。あれが小田島英治だということに気づいたのだ。

「あんたは、小田島の仲間をあっという間に眠らせた。どう見ても友好的とは言えなかった。それとも仲たがいなのかな？」

「小田島にもその仲間にも、ゆうべ初めて会った。僕はやつらの側に立ったつもりはない。どちらかといえば、君のためを思ってるわけだ」

「俺の……？」

赤間は笑った。例の不敵な笑いだった。

竜門は言った。

「僕は人を殺したことがある」

赤間は何も言わなかった。

竜門は続けた。

「チンピラにからまれて、はずみでのことだが、殺したことには変わりはない。その経験から言うと、どんな理由があるにせよ、人殺しは割に合うものではない」

「あんたにはわからない」

「君は恋人をなぶりものにされた。気持ちはわかる、と言いたい。だが、僕はあんたが人殺しになるのを黙って見ているわけにはいかない。あんたは新しい人生で成功した」

「空手か……？　確かに俺は新しい生き甲斐《がい》を見つけたような気がした。過去の呪縛《じゅばく》から逃がれられるかもしれないと思ったこともある。しかし、小田島はたった二年で出所し、そのときに、出所祝いの大集会まで開かれた。俺はそれを知ったとき、法律は俺たちのためにあるのではないと知ったんだ。そして、この手で小田島とふたりの仲間を殺すことを心に誓ったんだ」

「あんたがそう言うのはわかっていた。だから、口で説明しても無駄だと思っていたんだ」

「武道をやると言ってたね、先生」

「常心流だ」

「そいつが、俺の近代的な空手に勝てるかね？」

「さあな……」

赤間は、再び笑い、後退した。

竜門から眼を離さずシビックに乗り込む。やがて、シビックは走り去った。

竜門はかすかに震えていた。武者ぶるいだと思いたかった。

12

緊張していたせいか、夜中に何度も目を覚ました。赤間の夢を見ていたような気がする。

竜門はいつものように八時に起床したが、睡眠が浅かったせいか寝不足の気分だった。

彼の目覚めにはひとつの特徴がある。

野生動物のように、目覚めたとたん、すぐに活動できるのだ。

武術家・兵法家として、訓練して身につけた体質だ。兵法家たるもの、寝込みを襲われて寝ぼけているようでは話にならない。

低血圧だから朝が弱いという話をよく聞く。事実血圧が低い人は、目覚めてから活動を始めるまでに時間がかかる。

体質だからしかたがないのだが、朝に強いとか弱いとかいうのは、血圧よりも習慣が影響している場合が多い。

血圧が正常な人が皆朝に強いかといえば、そんなことはない。訓練によって、朝の目覚めをよくすることはできる。

竜門は、起きるとすぐに板張りのリビングルームへ行き、しばらく腹式呼吸を繰り返した。

眠っていた体に、活動的な気を送り込んでやる。くすぶっていた熾《おき》に、ふうふうと息を吹きかけてやるような感じだ。

体の底で火が赤く熾《おこ》り始める。

竜門は平行立ちのまま、『汪楫《ワンシユウ》』の型を始めた。

平行立ちというのは、足を肩幅の広さに取り、なおかつ、その両足を平行に置いた立ちかたで、自然体のひとつだ。

『汪楫』の型は、通常、演武線上を移動しながら行う。竜門は、それを、移動せずに行えるように、独自に工夫したのだ。

全部で十八挙動。一挙動ずつを、臍下丹田《せいかたんでん》にぎりぎりまで蓄えた気を激しく放出しながら行う。

三挙動目で早くも体が熱くなり、五挙動を越えると、汗が出始める。

通常の人間なら、五挙動で音《ね》を上げるだろう。竜門も十八挙動すべてやり終えられるようになるまでは何年もかかっている。

ゆっくりとした動きだが、筋肉は常に最大限に緊張している。

この訓練で、気と筋力の双方を練り、体の動きと呼吸法を一致させるのだ。

時折、引き絞った弓矢を放つように、鋭く速い突きや受けが入る。

それは、実際目に止まらない。残像が残るだけだ。残像とともに汗が飛び散る。

その瞬間、呼吸も鋭く速くなる。だが、決して浅いわけではなく、ゆっくり吐くのと同じ深さの息を一気に吐くのだ。

呼吸法なくしては、動きに本当の切れは出てこない。目に止まらないような手足の動きは呼吸法と一致して初めて可能になるのだ。

また、こうした呼吸法と完全に一致した動きの鋭さは、しっかりと体得すれば、高齢になっても衰えることはない。

『汪楫』をやり終えると、全身に汗をかいていた。筋肉が熱い。

竜門はストレッチを始めた。筋肉をほぐし、関節の可動範囲を広げる。一日の初めにストレッチをやるということは、いつでも戦える体を作ることを意味する。

戦いが始まってから準備体操をするわけにはいかない。別に、喧嘩をしようと考えているわけではない。武術家・兵法家としての心構えだ。

ストレッチのあとは、『ナイファンチ初段』の型を練習する。

『ナイファンチ初段』は、さまざまな流派で広く行われている鍛錬型だ。

横に一歩移動するだけの型で、狭いところで練習し、体を練るのに適している。

通常ならば、勢いよく踏み込み、どん、と足音を立てるこの型を、竜門はまったく足音を立てずに練習した。

足音を立てないくらいに体をうまく使えれば、強く踏み込むことなど簡単だ。

今はもうやらないが、かつては床に書道用の半紙を敷きつめて練習した。半紙が破れたりしわになったりしないように足を降ろすのだ。

型の勢いを殺さず、なおかつ紙を破らぬように足を降ろすのだ。

この訓練のおかげで、今ではどういう体勢になっても、足が床や地面にねばりつくように、バランスを保っていられる自信がついた。

朝の練習が終わると、コップ一杯の湯冷ましを飲む。たいてい朝食は取らない。

朝刊を取ってきて、まっ先に社会面を広げた。『族狩り』のニュースが出ていないかどうか気になったのだ。

それらしい記事はなかった。都内版も見る。やはり『族狩り』に関する記事はない。

昨夜はおとなしくしていたようだ。

もしかしたら、竜門の言い分を聞き入れる気になったのかもしれない。

ふと、竜門はそんなことを考えたが、すぐにそれがあり得ないことだと思い直した。

竜門は、歯を磨き、髯《ひげ》をそると、一階の整体院に出かけた。

患者がとぎれ、一息ついたとき、真理が言った。

「きのう、本屋さんへ行ったんですよね。そしたらね……」

「ああ……」

竜門はいつものように気のない返事をする。真理も、真剣な受けこたえなど期待していない。

「赤間さんのビデオが出てたんですよ。びっくりしちゃった。有名なんですね、あの人」

竜門は真理のほうを見た。まじまじと真理を見つめている。その反応に、真理は驚いた。

「何ですか、先生……」

「赤間選手のビデオ……？」

「ええ」

「どんなビデオなんだ？」

「試合のビデオみたいでしたよ。あたし、格闘技のことはよくわかんないけど……。グローブをつけて、空手衣を着た赤間さんが写ってたと思います」

「買ってきてくれ」

「そのビデオですか？」

「そうだ」

「今すぐ?」

「ああ」

「どうして、また……」

「いや……。彼の傷がね……」

「傷……?」

「どういう練習や試合をしたら、ああいう傷みかたをするのか知っておく必要がある」

「赤間さん、そんなに悪いんですか?」

「悪いね」

真理は白衣のまま出て行った。おそらく、近所の本屋なのだろう。書店で売られている二千円か三千円くらいのビデオに違いない。

どうして気がつかなかったのだろう——竜門は思った。

赤間くらいの選手になれば、当然、何本かビデオが出ているはずだ。そして、ビデオに収録されるくらいの試合は、たいていビッグ・タイトルだ。対戦相手も半端ではないはずだ。

当然、そこでは、赤間は全力で戦っているはずだ。持てるすべての技を出して——。

真理が戻ってきたのは二十分後だった。書店の袋に入ったビデオを竜門に手渡す。

竜門は紙袋から出してパッケージを見た。

『バトル・スペース'93』というタイトルがついている。プロレス団体が主催し、修拳会館の選手や、海外のキックボクサー、空手家などが参加した試合の記録だった。

赤間は、有名な黒人空手家と対戦していた。ウエイトは、おそらく赤間より十キロは上だろう。身長も赤間より高い。

加えて、黒人は天性の筋肉のバネを持っている。しなやかでタフな筋肉だ。

持久力もある。彼らの多くは、生まれながらのファイターだ。運動能力が、生まれつきすぐれているのだ。

黄色人種は、筋肉が発達しにくい。骨格もたいていは華奢《きゃしゃ》にできている。

赤間が、黒人空手家とどう戦うか、竜門はたいへん興味があった。すぐにでもビデオを見たかった。

柔よく剛を制す、とか小よく大を制すという言葉が柔道家の間で語られる。一種の理想論であり、絵に描いた餅《もち》かもしれないが、武道はそれを目指すべきだと、竜門は考えていた。

大きく力の強い者が常に勝つのなら、術や技は必要ない。

そういう意味で、竜門はフルコンタクト系空手には興味はなかった。しかし、こういった、明らかに体格の上で不利な取り組は話が別だ。

赤間が勝つのか負けるのか。

勝つとしたら、どういう技を使うのか。

負けたとしても、どのくらい食い下がるのか。

そして、竜門には、もうひとつ切実な興味があった。

赤間の弱点はどこにあるのか――。

「すぐに見ます？」

真理が尋ねた。

「いや……」

竜門は理性の助けを借りてこたえた。「もうじき、予約の患者が来るだろう。赤間さんは今日やってくるわけじゃない」

「先生、赤間さんのことになると眼の色が変わるんですね」

「そうか？」

「男の人って、強い人にあこがれるんでしょう？」

「そうだな……。赤間選手はいろいろな影響力を持っている。彼をうまく治療することは営業的な意義も大きい」

「営業的な意義……」

真理が目を丸くした。「先生が本気でそんなことを考えてるとは思えないわ」

患者がやってきた。


仕事が終わり、部屋に戻ると、竜門はすぐに『バトル・スペース'93』のビデオをセットした。

早送りをして、赤間の試合を探す。

赤間の試合はセミ・ファイナルなので、かなりテープのうしろのほうだった。

この試合は、当然ながらリングで行われ、両者はグローブをつけ、素足で戦う。赤間も相手の黒人空手家も空手衣を着ているが、空手の痕跡《こんせき》を残しているのはその点だけだった。グローブをつけた瞬間に、戦いはグローブに制約されることになる。

試合が始まった。

一ラウンド三分で、四ラウンド制だ。テン・カウントのKO、一ラウンドで三回のダウンのKO、およびレフェリー判断のTKOで勝敗が争われる。

黒人空手家の構えは、完全にボクシングのそれだ。彼はアメリカ人だが、アメリカはボクシングの伝統が根強い。

彼らは自然にそういうファイティング・ポーズを取るのだ。

一方、赤間の構えはムエタイにそっくりだった。

両方のグローブを、顔の両脇にもってくるアップライト・スタイルだ。時折、片膝を上げて相手を牽制《けんせい》する。

黒人空手家がさかんにジャブを出す。

赤間は、巧みなダッキングやウィービングでそれをかわす。上半身の動きに、ショルダーブロックを加えている。

グローブをつけたとたんに、ボクシングの戦いかたになる。それが最も合理的だからだ。グローブをつけて打ち合うと、あきれるくらいに自分のパンチが相手に当たらない。相手はグローブによって防御する範囲が広くなり、こちらはグローブによって隙間を通しにくくなる。

素手なら当たる肘《ひじ》と肘の間なども、グローブをつけていると間を通らない。

グローブ同士ばかりがぶつかり合うような気がする。

だから、素手のときのような攻撃はできない。必然的にフックやアッパーが多くなるし、手数も必要になってくる。とにかく、連打で相手のブロックを突き破るくらいの気持ちが必要なのだ。

そして、グローブで顔面を殴られると、慣れていない者は、意外な思いをする。

素手で顔面を殴られると、ひどく痛いが、何とか踏ん張れるものだ。しかし、グローブをつけた拳で殴られると、それほど痛くはないが、足にくる。

ふわっと気持ちがよくなって、踏ん張りがきかなくなるのだ。

グローブで殴ると圧力が大きくなるため、脳震盪を起こしやすくなる。腹を殴られると、素手で打たれるよりも苦しい。

それがグローブの制約だ。グローブの制約によって試合はまったくムエタイと同じになる。

第一ラウンドは両者、様子を見合って終わった感じだった。有効なポイントとなったのは、黒人空手家のジャブ数発と、赤間のローキックだった。

確かにローキックは曲者《くせもの》だった。

鍛えていない人間や、ウエイトが軽い人間は、赤間のローキック一発で動けなくなるはずだった。

第二ラウンドが始まった。

いきなり黒人空手家は、右のハイキック二連打を打ち込んできた。

実力者同士の試合になると、ハイキックのような大技はいきなり出しても決まらない。

しかし、黒人空手家のハイキックのしなやかさは群を抜いていた。

一発目から二発目までにほとんど間《ま》はなく、二発目は時間差攻撃となった。

強烈な回し蹴りが赤間の側頭部にヒットした。赤間はぐらりとした。

そこへ、黒人空手家のワンツーパンチ。赤間は、ロープまで吹っ飛んだ。頭を振る。レフェリーが黒人空手家を制止した。赤間の眼をのぞき込む。

ダウンを取ったのだ。カウントが三つまで入る。

赤間はファイティング・ポーズを取った。ダメージは残っていないようだ。

黒人空手家の回し蹴りは会心の当たりではなかったのだ。

レフェリーがファイトを命じる。

黒人空手家は、今度はローキックを飛ばしてきた。長い足を叩きつけてくる。

赤間は、膝を蹴り足のほうに向け、すり上げるようにして、ローキックを避ける。まともにすねをぶつけてしまっては、折れる危険がある。

うまく力を逃がしてやらなければならない。フルコンタクト系空手では、ローキックがたいへんよく研究されている。

つまり、防御法も研究し尽くされている。赤間は、ローキックの防御がたいへんうまかった。

ローキックは、決して大腿部にくらってはいけない。大腿部の外側に一発でもローキックをくらうと、運動能力はがくんと落ちる。

余裕のあるときは、膝をきちんと相手の蹴り足のほうへ向ける。また、余裕のないときは、とにかく足を上げて、ヒットポイントを大腿部からずらすことだ。

赤間もさかんにローキックを返す。

一回のダウンを奪われ、大きく赤間がポイントを譲って第二ラウンドを終えた。

セコンドに、大谷修一館長の顔が見えた。大谷館長の顔は真剣だった。

赤間も真剣だ。

誰も彼も真剣だ。勝負に打ち込んでいる。竜門はふと胸に迫るものを感じた。

赤間はいつも真剣なのだ。それが、おそらく彼の生きかただ。

だからこそ、彼は復讐《ふくしゅう》を誓うはめになったのだ、と竜門は思った。

第三ラウンド。

ゴングとともに、赤間が飛び出した。左のローキック二発、右フックで牽制しておいて右のミドルキック。

流れるような攻撃だった。

ミドルキックは、肘でブロックされた。しかし、ブロックごと叩きつけた。黒人空手家は二、三歩よろめいた。キックの威力もアピールしたのだ。ミドルキックではダウンはなかなか奪えない。やはりハイキックにつなぐか、パンチへもっていかなければならない。

第三ラウンドの赤間は積極的だった。ポイントの遅れを取り戻そうとしているのだろうか。あるいは、このラウンドに勝負をかけたのかもしれない。

黒人空手家は、ワンツーからハイキックへという理想的な攻撃を見せた。赤間は、ワンツーのツーに合わせて入っていった。相手の引き手を追うようなタイミングのパンチだ。

道場で茶帯とスパーリングをやったときに見せたタイミングだ。赤間の得意なタイミングなのだろう。

確かにこれは、さばくことも反撃することも難しいタイミングだ。

そのストレートが当たる。ちょうど、相手がハイキックを出そうとしていたときだ。ハイキックは不発に終わり、相手は一瞬バランスを崩した。

赤間はそれを見逃さなかった。狙いすましたように、左右のワンツーを見舞う。

当たった。

それをきっかけに赤間の猛攻が始まる。とにかくパンチのラッシュだ。地獄の二年間で鍛えた持久力がものをいう。

ラッシュは無酸素運動だ。一呼吸でどれだけ筋肉が働いてくれるかが勝負だ。

黒人空手家は、本物のプロボクサー並のラッシュに押され気味になった。赤間は、上体を思いきりひねった。

一瞬、手が止まる。黒人空手家は反撃しようと前に出る。

その瞬間、赤間の体のねじれが一気にほどけた。その回転の力をすべて右フックに乗せる。

赤間のフックは前へ出てきた相手の頬を打ち抜いた。

相手の足がもつれる。赤間は、右ハイキックを叩き込む。

相手はダウンした。

五カウント。

そして、第三ラウンドは終わった。最終ラウンドは、ともに有効打がなく、結局、試合はドローだった。

竜門は、いつしか赤間を応援している自分に気づいていた。

巻き戻して何度か試合を見直した。二度目は冷静に赤間の弱点を探した。三度目は、さらに真剣に弱点を探した。

しかし、弱点らしい弱点など見つからなかった。赤間の鍛え上げられた肉体とテクニック、そして試合勘——それらを思い知らされるだけだった。

13

竜門に対して赤間は常に自信たっぷりだった。

それも当然だ。

赤間はそれだけ鍛えているし、試合経験もある。

竜門は暗澹《あんたん》とした気分だった。ビデオを観た翌日、彼はいつにも増して無愛想に見えた。

夕方になって、辰巳が現れた。

辰巳に対しても、竜門はひどくぶっきらぼうだった。辰巳は、患者がいなくなるまで辛抱強く待っていた。

「話をしたいんだ、先生」

辰巳は言った。有無を言わせぬ口調だった。竜門は何もこたえなかった。

真理は帰り際に言った。

「やあだ。また、男同士の密談？」

辰巳がこたえる。

「そう。男はいくつになっても秘密を共有するのが好きなんだ」

「女だってそうですよ」

「ほう……」

「ただ、共有のしかたが違うだけ」

「なるほど……。場合によっては、女は秘密そのものになる……」

「そうね」

「覚えておこう」

「辰巳さん」

「何だね？」

「先生がばかなまねをしそうになったら、止《と》めてね」

一瞬の間《ま》。

「そのつもりだ」

真理は帰った。

辰巳が施術室にやってきた。

「彼女は知っているのか？」

「何のことです？」

「真理ちゃんだ。あんたと赤間とのことを……」

「話しちゃいません」

辰巳はうなずいた。

「だろうな……。なるほど、頭のいい娘《こ》だ」

「話というのは？」

「赤間のことを調べた。やつには暴走族を憎む理由がある」

「死んだ恋人のことですか？」

「やっぱり知っていたか」

「警察は赤間をマークし始めるのでしょうね……？」

「そう」

「もう赤間は『族狩り』をやれない……」

「やればつかまる」

「くそっ！」

竜門は小さく毒づくと、拳で机を叩いた。辰巳は黙ってその様子を見ている。

竜門は言った。

「警察沙汰になったら、彼の空手人生は終わりだ。一度、恋人を失って地獄へ突き落とされ、もう一度、人生を奪われることになる」

「そういうことになるな」

「彼は真剣に人生を生きてきた。真面目な男です。恋人を失った悲しみからも立ち直り、格闘技界のスターになった。それがどんな苦労だったか……。暴走族の少年たちは、いったい何の権利があって、真剣に生きている人間の人生をぶちこわすんです？」

「権利などない」

「警察にも、赤間の人生をめちゃめちゃにする権利はないはずです」

「法というのは、あるときには非情なものだ」

「その法について、先日、ひどく悲観的な意見を聞きましたよ」

「あんたが、どこでどんな意見を聞こうが、俺の知ったことじゃない」

「なぜ、赤間の恋人を犯して殺した少年たちが、二年やそこらで出て来られるんです？」

「犯したが殺してはいない。女が、自分で車から飛び降りたんだ」

「殺したも同じでしょう。小田島たちが襲わなければ、彼女は死ぬことはなかったのです」

辰巳は、一瞬、押し黙った。竜門の顔を見すえている。

辰巳はやがて言った。

「あんた、小田島の名まで知ってるのか?」

「知っている。赤間は小田島を殺そうとしている」

辰巳はうなずいた。

「そして、共犯のふたりも……」

竜門は辰巳のほうを向いて言った。

「上野で、暴走族が青年実業家を殴り殺した……。騒音を注意されたという理由だけで……。その暴走族たちは殺人罪には問われなかったそうですね?」

「傷害致死だ。懲役は六年以下」

「いつだったか、新聞記者が、やはり暴走族を注意して殺されたことがありました。そのときも、罪はひどく軽かったように記憶してます」

「そう……」

「コンクリート詰め殺人事件というのが話題になりましたね。あれは、監禁された女性が死に、その死体の処理のしかたが異常だということで話題になった……。しかし、本当に異常なのは、四十一日間にもわたり、少女に暴行を加えたということであり、少女はただ、かわいいからという理由で誘拐・監禁されたという点なのです」

「あんたの言うとおりだ」

「判決は、確か、一番重いものが懲役十七年でした。あとは五年とか四年とか……」

「五年以上七年以下、五年以上十年以下、それに四年以上六年以下の不定期刑だ」

「それが重いとか軽いとか言う気はありません。問題は、今も同じような性犯罪が暴走族のような連中によって繰り返されているということなのです。赤間もそういった事件に巻き込まれたひとりに過ぎません。暴走族をやっているような連中は、決して更生しないと僕の知り合いは言っていました。それが本当かどうか僕にはわからない。しかし、小田島のような少年を見ていると、そういう意見はもっともだという気がしてきます」

辰巳は、また、竜門の顔をまじまじと見つめた。

「先生……。小田島に会ったことがあるのか……」

「あります」

「たまげたな……。あんたに監視をつけるべきだった……」

「ああいう少年は、仲間がいる限り更生はしません。そして、暴走族のような組織にいる限り、常に仲間同士で監視しあっているのです」

「あんたの言うとおりだよ、先生……」

「僕は小田島みたいなやつのために、赤間の人生がめちゃめちゃにされるのはがまんならないのです」

「だから赤間を止める、と……？」

「そのつもりでした」

「あんた、赤間と戦うつもりだったのかい？」

「それしかないと思っていました。でも……」

竜門は無力感を感じて言った。「しかし、その必要もないようですね。警察が赤間の周囲を固めているんじゃ……」

「やれるのか？」

「え……？」

「やれるのかと訊いてるんだよ、先生」

「どういう意味です？」

「赤間を腕ずくで止める……。そんなことができるのかどうか、という意味だ」

竜門は冷静に考えた。

昨日、観たビデオを思い出す。とたんに自信が崩れていきそうな気がした。

辰巳に対して虚勢を張ることは意味があるかどうか、その点も考えた。そして、竜門は素直に言った。

「わかりません。赤間はプロレスラーとも戦うような男です」

「そう……」

辰巳は竜門を眺めて言った。「こうして見ると、先生はいたって普通の人だ。俺でも勝てそうな気がする」

「辰巳さんは柔道と剣道の段持ちなのでしょう？」

「ああ。だから、多少はわかる。あんたみたいな人がこわいんだ。常心流免許皆伝というのは伊達《だて》じゃあるまい」

「赤間のような男とは戦ったことがないんです。道場には、大きな男も荒っぽい男も大勢いました。しかし、プロレスラー相手に戦うようなやつはいなかった……」

「そうだろうな……。なら、どうして、赤間を止める、などと言った？」

「やれるかどうかはわからない。だが、やらずにいられない。そういう気持ちはわかりませんか？」

「わからねえな、先生。俺たちゃ、子供じゃない」

「勝算がないわけではないのです」

「ほう……」

「でも、それはたいへんに小さい」

辰巳は小さく溜め息をついた。

竜門にはそれがどういう意味かわからなかった。

しばらく沈黙があった。

「尻もぬぐえないのに、余計なことに首を突っ込んでひっかき回す……。先生、今後はそういうまねはやめてもらいたい」

「黙って見ているわけにはいかなかったんです」

「だから女子供の理屈だと言ってるんだ……。まったく、期待した俺がばかだった……」

竜門は、あやうく辰巳の最後の言葉を聞き流すところだった。

「期待……?」

「できもしないことを口にだすもんじゃねえよ、先生」

辰巳の口調はドライアイスのように感じられた。

竜門はかぶりを振った。

「よしましょう。もうどうでもいいことです……」

「どうでもいいこと? そうなのか?」

「あなたは赤間が『族狩り』であることを知っているのでしょう」

「そうだ」

「『族狩り』をする理由も知っているし、赤間が最終的に誰を狙っているかも知っている」

「そうだ」

「となれば、もう警察の領分だ。僕の出る幕はない」

「いいや」

「だって、赤間は警察に監視されているんでしょう？」

「監視などされていない」

「さっき、辰巳さんは、今度赤間が『族狩り』をやればつかまる、と……」

「言った。だが、それは、俺が署で何もかもしゃべれば、ということだ」

今度は、竜門が辰巳の顔をじっと見つめた。辰巳は黙って見返している。

竜門は言った。

「あなたは、しゃべっていない……？」

「しゃべっていない」

「赤間のことは、あなたのところで止まっており、捜査当局はまだ知らないということですか？」

「今のところはな……。だが、時間の問題だ。警察の捜査能力をばかにしちゃいけない。それに、俺はいつまでも秘密にしてはいられない」

「どうして、また……」

「あんたが、赤間を止められる、などと言うからだ」

竜門は、その瞬間、全身にぴりぴりしたものが走ったような気がした。何も言えずに辰巳を見ていた。

辰巳は続けて言った。

「法は非情だ。警察という組織も非情だ。だがひとりひとりの警察官がすべて、年がら年中非情なわけじゃない、といったようなわけだ」

「赤間を見逃すと……？」

「あんた次第だ、先生。俺も目をつぶり続けることはできない。おそらく、チャンスは一度。それでうまくいかなきゃ、あとは警察の問題となる」

竜門は、辰巳から眼をそらした。黙って考えごとをしているように見える。

辰巳が言う。

「俺だって赤間と小田島のどちらに非があるかくらいはわかる。それに、だ……。職業柄くだらない連中を大勢見てるから言うんだが、確かに小田島みたいな連中は、更生できない。更生しようなんて気は、はなっからないんだ。ガキのころから犯罪を繰り返して、大人になりゃ立派な組の構成員だ。捜査畑の人間はな、犯罪を憎んでいる。ガキだろうが大人だろうが、犯罪者は皆、ぶち殺せばいいとまで思っている」

その口調はあくまでも淡々としていた。「わかってる。こいつは危険な考えかただ。だが、捜査畑はそれくらいじゃないとものにならん。だが、防犯部なんかの連中は別らしい。少年課は、少年法の精神を尊重しなけりゃならんそうだ。少年犯罪の裁判も同様だ。やつらが小田島みたいな連中を甘やかしているのを見ていると、こう言いたくなる。くそくらえ……」

今や辰巳は竜門を睨《にら》みつけているようでさえあった。その鋭い眼光には、いくぶんかの怒りが含まれているように感じられた。

「信じられない……」

竜門は言った。「あなたが僕にチャンスをくれるとは……」

「チャンスはあんたにやったわけじゃない。赤間にやったんだ」

「同じことだと思います。だが、警察官のあなたが……」

「今の俺を警察官だと思わないでくれ。いいかい、先生。裁判というものは、たいへんにややっこしい。判事も自分の出世のことを考えなければならない。中には政治家になりたがっている判事もいるだろう。そして、弁護士は裁判に勝つことで名声が手に入る。だから、どんな極悪人でも、弁護士は罪を軽くしようとするし、判事は自分の判決の社会的な評価を気にする。そうして、時には被告がおおいに得をすることがある。少年犯罪の裁判では特にそういうケースが多い。だがね、先生。俺は正義というものはもっと単純だと思うことがある」

「やりますよ」

竜門は言った。「きっと赤間に考え直してもらいます」

また、短い沈黙。

辰巳は竜門を見定めるように見つめている。やがて、彼は、さっと眼をそらした。

辰巳はおもむろに体の向きを変えた。ゆっくりと竜門に背を向ける。

「話は終わりだ」

竜門も同感だった。彼は何も言わなかった。

辰巳は黙って出て行った。彼は、急に不機嫌になったように見えた。

竜門にはその理由がわかった。彼も同じ気分だったからだ。

辰巳は、しゃべり過ぎて照れ臭くなったのだ。

興奮して議論をし、ついつい余計なことまで口走ってしまったような気恥ずかしさ。

人間は、しゃべっているうちに理性のたがが外れてくるものだ。理性を忘れ、感情に走ったあとは、必ずどうしようもない恥ずかしさを感じてしまう。

竜門は、しばらく施術室でたたずんでいたが、やがて手早く片づけて、四階の部屋へ上がった。

『バトル・スペース'93』のビデオ・カセットは、セットされたままになっていた。彼はまた赤間の試合を観始めた。

夕食を食べる気にもなれなかった。

じっと赤間の動きに注目する。

いくら観ても同じことだった。弱点など発見できない。

どうも、グローブをつけてリングに上がっている赤間に対してリアリティーが感じられない。

おそらく、八メートル四方のコートの上で、素手で空手衣を着て戦っている姿を見たら、もっと現実感が湧いたことだろう。

そして、赤間と戦うときは、お互いにグローブなどつけていない。そのことは、赤間にとって何を意味し、自分にとって何を意味するのか――竜門は考えた。

結局、わからなかった。

ひとつ明らかなのは、竜門はひどく気遅れしているということだ。

それは自覚していた。慎重になるのはいいが気遅れはいけない。

わかっているのだが、どうしようもない。ビデオで見る赤間は、活《い》きいきとしており、自信に満ちている。

そして、竜門は、実際の赤間の体格を知っている。誇らしげな、鍛え上げられた体格。

彼に喧嘩を売ろうという間抜けはいない。

竜門は、もう一度巻き戻して、最初から赤間の試合を観始めた。藁《わら》にもすがりたい気持ちというのは、こういうときのことをいうのだ、と竜門は思った。

14

「ちっきしょう。ムカつくぜ……」

金子が言った。「いったい、何よ、あいつはよ……」

「例の『族狩り』じゃなかったぜ」

そう言ったのは谷岡だった。「『族狩り』は、もっとでっかい男だった」

「『族狩り』かどうかなんて関係ねえよ。このまま済ますわけにゃいかねえ」

彼らは、恵比寿のマンションにあるアジトにいた。女を連れ込んだりするのに使う部屋だ。

金子と谷岡の話を、小田島が黙って聞いている。小田島は、窓の外を見ながら、煙草をくゆらせていた。

「だけど、あいつも、けっこう強かったよな……」

谷岡が言うと、金子は鼻で笑った。

「おめえはまたそれだ……。すぐにびびりやがってよ……」

「びびってんじゃねえよ。おまえも俺も、やられちまったんじゃねえかよ……」

「相手がたいしたことなさそうなんで、油断しただけよ。なあに、あれがやつの手なんだ。そいつがわかったからにゃ、どうってことねえよ」

「けど、どこの誰だかわかんねえんだぜ。どうやって見つけんだよ」

「こっちにゃ二百騎の組織力があるんだよ」

「そりゃそうだけどな……」

谷岡の態度は煮え切らなかった。

金子はいらいらしてきた。

「何だよ、おめえは！　ビッとしろよ！」

「おまえはまだつかまったことがねえからわかんねえんだよ！」

「おめえ、入ってたの、たった半年じゃねえか」

「半年だってうんざりなんだよ。二度とムショなんか行きたかねえや」

「何言ってんだよ。ムショ行ってたなんざあ、勲章じゃねえかよ」

「そりゃそうだけどよ……」

「何だよ、おめえ……。俺たちとつるむのがいやだってんじゃねえだろうな？」

「そういうわけじゃねえけどよ……。今度つかまったら、きっと刑期はもっと長くなるだろうしよ……。それに、『族狩り』はおっかねえし……。おまけに、またひとり妙なやつが現れて……」

「なめてんじゃねえぞ、谷岡。おめえ、これまでオイシイ思いをしてきたのは誰のおかげだと思ってんだ？」

「わかってるよ。わかってるけどよ……」

金子はおおげさに溜め息をついて見せた。こまったやつだ、といったふうな様子で、ヤクザ者が弟分や子分にしてみせるのと同じだった。

彼は、そういうしぐさまでをすでに学んでいる。

金子は諭《さと》すように言う。

「いいか、谷岡……。俺たちが今からまっとうな道歩けると思うか？　おめえだって学校《ガッコ》にいるときゃ、立派な札つきだろうが……。その学校《ガッコ》もムショ行きでクビになっちまった。学校《ガッコ》にも戻れねえ。まともな職にもつけねえで、どうやって生きて行く？　おまけに、てめえ、前科者だ」

谷岡は何も言わない。

金子は辛抱強く説き伏せるように言う。

「俺だっておめえと同じ札つきよ。どう転んだって半端者だ。親ももう見離しちまってる。高校中途退学。社会的にゃ中卒だ。俺たちゃ、寄り集まって生きてくしかねえのよ」

せつせつと説くのは、もちろん演技だ。金子は本当に谷岡のことを思っているわけではない。

仲間がまともな世界に戻って行くのが許せないのだ。

「わかったよ」

谷岡は言った。金子の言うことには反論の余地はたくさんある。自分の責任というものを棚に上げているからだ。

だが、もう谷岡には反論する気持ちは失《う》せている。

「もういいよ。俺、抜けたいなんて思ってねえから……」

「抜けるのが悪いとかじゃねえんだ。俺たちゃいっしょにやってくのが一番なんだよ」

こうして、更生の芽はつぶされていく。意志の弱さ、度胸のなさ故に更生できない少年もいる。

谷岡は言う。

「けどよ、あの『族狩り』は本当にヤバイってば……。化物だ、ありゃあ……。殺されちまうぜ……」

「けっ……。まだ言ってんのかよ。二百騎だぜ、二百騎……」

小田島が、煙草をもみ消した。ふたりのほうを向く。

金子と谷岡は、はっと小田島のほうを向く。小田島が何か言いたいらしいと悟ったのだ。

「何だい、小田島くん」

金子が訊く。

小田島はかすかに笑っているように見えた。何かを面白がっている。

彼はふたりから眼をそらして、再び窓の外を見た。窓の外からは、ビルの輪郭に四角く切り取られた空が見えるだけだ。

柔らかく静かな小田島の声が聞こえた。

「おまえらがやられた、あのオッサン……。ありゃ、強いよ……」

金子と谷岡は顔を見合わせた。

金子は気を取り直して言う。

「けど、小田島くん。俺たちゃ、二百騎の……」

「本気で喧嘩やろうってのが、ちゃんと二百騎集まるかな？」

小田島は、相変わらず面白がっているような口調で言う。

「集まるさ。出所祝いの集会、忘れたのかい。あんときの……」

金子が言う。

「ありゃ、お祭りさ」

小田島がささやくような声で言った。その小さな声で金子の話をぴしゃりとさえぎってしまった。

「お祭り？」

「半分以上はただ大勢で走るのが気分よくて集まったんだ。集会っていうだけで喜ぶ連中は多い。義理で来たやつもいる」

「そんなことないって……」

金子は言った。

「事実をちゃんと認めなくちゃだめだよ」

小田島はきわめて落ち着いた声で言う。「でないと、間違いをしでかす……。おまえ、『族狩り』の件で声かけて、本当に二百も集まると思うか？」

「みんな頭に来てるんだ。声がかかるのを待ってるはずだ。きっと集まるさ」

「読みが甘いな……」

小田島はにやにやと笑った。不気味な感じがして、金子も谷岡もちょっとばかり居心地が悪くなった。小田島はふたりを交互に眺めながら続けた。

「『族狩り』の噂はあっという間に広がった。みんな、『族狩り』の強さを知っている。噂には尾ひれがつくもんだ。見ろよ、谷岡を。一度『族狩り』を見ただけで、こんなに参っちまってる。他のやつらだってそうだろう。びびってるのはけっこういるはずだ」

「ほら見ろ」

金子が腹を立てた調子で谷岡に言った。「おめえがシャキっとしねえから……」

「そんなこと言ったってよ……」

「谷岡を責めてるんじゃないよ」

小田島が言う。「谷岡は賢いんだ。こわいものをこわいと認めることができる。そして、このところ、中途半端に賢い連中が増えちまったようだ」

「声をかけてもびびって集まんねえってのかい？」

「いいとこ五十……。多く見積って七十だな……」

「七十いりゃ充分じゃねえか。相手はたったひとりだ」

「そのひとりが問題だ。そうだろう谷岡」

谷岡は二度三度とうなずいた。

「九人があっという間だ」

「そいつは何度も聞いたよ」

金子がうんざりとした口調で言う。すると、小田島が金子に言った。

「何度も聞いたのなら、ちゃんと考えろよ」

「え……?」

「道具持ったのが九人。おまえなら素手で立ち向かえるか?」

「いや……。そりゃあ……」

「それを考えただけでもただもんじゃねえだろ」

「まあな……」

「そいつは、道具を持った九人に立ち向かっただけじゃない。やっつけちまった。ほとんどが病院送りだ」

「そうなんだ」

谷岡が真剣な表情で言った。「そして、それは、本当にあっという間だったんだ。ほとんどが一発か二発でぶっ倒れちまった。すごかったぜ。今思い出してもぞっとすらあ……」

谷岡は、初めてまともに話を聞いてもらえたと思った。

これまで何度この話をしても、必ず茶化されたり、ばかにされたりだった。谷岡は気づいていなかったが、それは話を聞いた者の強がりでしかなかった。

不安やおそれを、冗談にして笑い飛ばそうとしていただけなのだ。

小田島はそうではなかった。

谷岡の話をちゃんと分析しようとしていた。彼が不安もおそれも感じていない証拠だった。

「そこんところも重要だな……」

小田島が言うと、金子が尋ねた。

「そこんところ?」

「一発か二発でぶっ倒れたってところだ……。金子、おまえもずいぶん喧嘩をしてきただろうが、一発のパンチで相手が倒れたことはあるか」

「ないことはねえけどよ……」

彼の言葉ははっきりしない。

「滅多にないはずだ」

「まあな……。ラッキーパンチが、きれいに入ったときくらいだな……」

「たいていの喧嘩だと、お互いにうんざりするくらい殴り合う。殴り、殴られ、ぼこぼこになって、口ん中切ったり歯ァ折ったり、鼻血出したりってなありさまだ。それでもダウンなんかなかなかしてくれるもんじゃない。そうだろ？」

「喧嘩ってのはだいたいそういうもんだ。根性で立ってたほうが勝つ」

「一発で相手がオシャカになるってのは、考えられることはふたつだ」

小田島のどこか現実から遠く離れたところを眺めているような眼に、いきいきとした光が宿り始めていた。

彼は暴力的なことを考えるのが何より好きなのかもしれなかった。

「ふたつ……？」

金子が訊く。

「そうだ。まず、圧倒的なパワーを持っているようなときだ。自分がやられたときのことを考えてみな。ウエイトがあって、力があるようなやつのパンチをくらったらどうなるか……」

「ああ……」

金子はうんざりしたような顔になった。「一発くらっただけで喧嘩すんのがやんなるぜ。相手がでかいってのは、リーチの問題だけじゃねえ。パンチや蹴りをくらったときの衝撃が違うのよ」

「そういうことだ」

「もうひとつは？」

「ポイントをよく知っている場合」

「ポイント……」

「急所だよ。どんなに根性があったって、どんなに鍛えていたって、急所を衝《つ》かれりゃどうしようもない」

「けどよ。喧嘩の最中に、正確に急所を狙うなんて、できやしねえぜ」

「ボクサーはやるよ。一流の空手家もやるだろう。急所を知りつくして、なおかつ、咄嗟《とっさ》にそこを衝く。それにはトレーニングが必要だ。ちょっとやそっとの練習じゃ身につかない。だけど、不可能じゃない。急所をうまく攻撃すれば、一発で倒すことも可能だ。こいつは、体格やウエイトには関係ない。例えば、こう横から顎の先を打ち抜く――」

小田島は、ショートフックの恰好をした。そのポーズが様になっている。「すると、たいてい脳震盪を起こしちまう」

金子は小田島にうなずいて見せてから、谷岡に訊いた。

「『族狩り』はどっちなんだ？」

「両方さ」

谷岡はこたえた。「言ったろう。すっげえでかいやつなんだ。パンチも蹴りもすげえ決まってた。今、考えると、いいタイミングでいいところに決まってるんだな……。だから、一発か二発で倒れちまうんだ……」

「一発で敵を倒す自信があれば、敵が何人いようとこわくない」

小田島が言った。「どんなに短い喧嘩でも、五発はパンチや蹴りを出す。ちょっと長丁場になりゃ、二十発くらいは平気で出す。どうだ。そいつが二十発のパンチや蹴りを出しゃ、二十人がやられちまう勘定だ」

「計算の上ではな……」

金子が言う。「だが、実際の喧嘩はそう計算どおりいくもんじゃねえ」

「そう。こっちのラッキーパンチが当たることもある。だが、味方が逃げ出しちまうことだってある。都合のいいことばかり考えちゃだめだよ」

「そりゃそうだけどよ……」

「それに、もうひとりいるだろう」

「あいつか？　ありゃどうってことねえさ」

「おまえたちは、ほとんど反撃できなかった……」

「だから油断したんだって……」

「あいつ、なかなかおっかないぜ。さっき言ったふたつ目のケースだ」

「ふたつ目……？」

「急所を知りつくしてるのよ。そして、迷わず正確にそこだけを衝いてきた。ありゃ、半端な腕じゃねえ」

「そうか……。でも、俺たちゃ病院送りになったわけじゃねえ。こうしてぴんぴんしてる」

「そこが問題なのよ」

「問題……？」

「もしかしたら、『族狩り』と同じくらいやるかもしれねえ」

「まさか……」

「あいつはコントロールできるんだよ」

「ダメージをか？」

「そうだ。おまえらを病院送りにしようと思ったらできたろう。それどころか、どこかぶっこわしたりもできたろう。殺せたかもしれない」

「殺す……」

「そういうことが自由自在にできる境地ってもんがあんのよ。おそらく、武道の達人てやつだろう。おれは剣道をやっていたしな……。武道のことにはちょっとうるさいんだ」

谷岡が言う。

「『族狩り』もきっと格闘技をやってるぜ。空手とかキックとか……」

小田島がうなずく。

「だろうな。どうだ、金子。五十騎だの七十騎だのは、並の喧嘩にゃ充分な数だが、こんなのふたりも相手にしてたんじゃどうかな……」

「こっちだってど素人じゃねえんだ。空手の段持ちだっているしよ、剣道やってるのだっている。そいつらが得物持つんだから……」

「だが、実際は、九人があっという間にやられ、おまえたちふたりは手も足も出なかった」

金子は押し黙った。

谷岡も何も言わない。ふたりは小田島の顔を見ている。

小田島は少しも不安そうではない。

「そう心配そうな顔するなよ。どうやら、『族狩り』の狙いは俺のようだからな……」

まるで他人《ひと》ごとのようだった。

「それは、『族狩り』がはっきりと言っていた……」

谷岡がますます心配そうな顔で言う。

小田島はそんな谷岡を見て、相変わらず面白がるようなかすかな笑いを浮かべている。

金子や谷岡には、小田島が何を考えているのかわからなかった。

「まだ入院してるやつだっているんだ。こっちから喧嘩を売ることはないさ」

小田島が言った。

「じゃあ、どうするんだ？　このままじゃ、面子《メンツ》が立たねえぜ」

面子だの男気だのといったものにこだわって生きるのはヤクザ者の生きかただ。金子の精神構造は、すでにそういう具合に組み上がってしまっているようだった。

「いいや」

小田島は静かだが反論が許されないような口調で言った。「このまま、じっとしてるのさ」

「冗談じゃないぜ、小田島くん！」

金子はいきり立って言ったが、実は谷岡は内心、ほっとしていた。

金子が熱くなる様子を見て、小田島はさらに余裕の笑いを浮かべた。

「『族狩り』も例の『武道家』も、確かに俺たちにとっちゃ敵だ。だがな、あのふたりが仲間だというわけじゃない」

一瞬にして金子の興奮が冷めた。

金子は、小田島の顔を見つめ、真剣に話を聞き始めた。

小田島は続けた。

「あのとき『武道家』は、俺たちと事を構えようとしてやってきたわけじゃない。やつの目的は『族狩り』だった。『武道家』は何かの理由で『族狩り』を追っている。どういうことかわかるか？」

「さっぱりわからねえな……」

金子がこたえた。

「俺にもわからねえ。だが、確かなことがひとつある。今、動くのは得策じゃねえな……。じっとしてりゃ、『武道家』は『族狩り』をつかまえる」

「そうか」

谷岡が言う。「うまくすりゃ、ふたりはぶつかる。そして、どっちかが倒れる……」

小田島はうなずいた。

「化物と達人だ。どっちに転んだって、ふたりとも無傷じゃいられない。喧嘩売るのはそのときでもいい」

「なるほどな……」

金子はうなずいた。彼もうれしそうな表情になっていた。

小田島がふたりに命じた。

「情報だけはこまめに集めておけ。ふたりの接触をキャッチするんだ」

15

赤間が竜門に会いに来た夜から、五日経《た》った。辰巳が来たのは、あの夜の翌々日のことだった。

あれから辰巳も現れない。

表面上は平穏な日が過ぎていった。竜門はいつもと変わらず施術を続けていた。

しかし、心のなかは激しく波立っていた。彼は、ビデオで赤間の動きを何度も観て、それを頭に叩き込んだ。

そして、何度もシミュレーションを繰り返した。

夜、寝るまえに、ベッドのなかで考え始めるとなかなか寝つけなかった。

施術中に攻防の方法を考えているうちに、患者を放り出して、体を動かしたくてたまらなくなったりした。

いい兆候ではなかった。

あせっているのだ。有効な打開策が見つからないのだ。

戦いの方針が決まれば心が鎮まるものだ。徹底的にカウンターでいこう、とか、先手先手と攻めていこうといった具合に、決めてしまうのだ。

試合というのは相手のいることだから、それですべてうまくいくというわけではない。

しかし、方針がしっかりしていれば迷いがない。

試合の場で迷いがないというのはたいへんな強味となる。

また、明確な方針があれば、うまくいかないときに軌道修正も可能なのだ。

不安なままで試合に臨むのが一番よくない。ましてや、竜門がこれからやろうとしているのはルールがある試合ではない。

もしかしたら、殺し合いになるかもしれないのだ。

竜門は苛立《いらだ》っていた。その自覚があるが、どうしようもない。そのことによってさらに苛立ちをつのらせていた。

「先生」

昼休みで患者がとぎれると、真理が言った。「具合でも悪いんですか？」

「別に……。どうしてだ？」

「患者さんが言ってましたよ。先生、どっかおかしいって……。魂が別のところに行っちゃったようなんですって？」

竜門はしまった、と思った。

「いや、ちょっと考えごとをしていてな……」

「患者さんて、敏感なんですよ。気を入れて施術をしてないのがすぐわかっちゃうんだから……。患者さんは、つらいのから解放されたくてここへやってくるんですよ」

「わかってる。施術はちゃんとやってる」

「あたしに言い訳してもしようがないわ」

「そうだな……」

「片思いでもしてるんですか？」

「何だって……？」

「先生がそんなにぼんやりするなんて……」

「そんなんじゃないよ」

「どうせ話してくれないんでしょうね」

「ん……？」

「先生は何かに悩んでいる。でも、何に悩んでるかなんて、あたしには関係ない……」

竜門は真理のほうを見ていなかった。しかし、真理の視線を痛いほど感じていた。

竜門は、姿勢を変えぬままぽつりと言った。

「赤間さんだがな……」

「え……？　赤間さん？」

「人間、何かの拍子で、傷つけたくない人の心を傷つけたりすることがある」

真理は何も言わない。

竜門は真理の顔を見なかったが、どんな表情をしているかは想像がついた。眉をひそめて怪訝《けげん》そうな顔をしているはずだった。

竜門は続けて言った。

「機嫌をそこねたくない人の機嫌をそこねることもある。喧嘩になるのを承知で、何かを言わなきゃならないこともある……」

「赤間さんと喧嘩になるのを承知で、何か言わなきゃならない、ということですか？」

「まあ、そういうことだな……」

「それは、施術上の問題なのでしょうね……？」

真理の口調は、わずかに疑わしげだった。

「そう思ってくれていい。だから、僕には守秘義務がある」

「例えば、体のために空手をやめろ、と言わなければならない……。赤間さんの体はそれほど悪い、とか……」

「空手とは限らんが、あることをやめろ、と言うことになるかもしれない。そして、病んでいるのは体とは限らない」

真理は黙っていた。やがて、静かに彼女は言った。

「先生がここまで話してくれるとは思いませんでした」

「言っておくが、僕はわざと秘密を持ちたがっているわけじゃない」

「そうか……。赤間さんと喧嘩ってのはおだやかじゃないわね……」

真理の声が明るく優しくなった気がした。彼女は、喧嘩という言葉を、意見の対立くらいにしか解釈していないようだった。

まさか、竜門が文字どおり、赤間と殴り合いの喧嘩をしようとしているとは思わない。

真理は言った。

「腕っぷしじゃ先生が勝つはずないですよね。相手があの赤間さんじゃ……」

「当然だ」

そうは思いたくなかった。

「でも、たったひとつ、先生が有利なことがありますよね」

「有利なこと……？」

「そう。だって、先生、赤間さんの体中の傷を知ってるでしょ？　傷だけじゃなくって、赤間さんの体がどうなっているか、すべてわかってるじゃないですか」

竜門はゆっくりと顔を上げた。

そのまま上げた顔を真理に向けた。

真理は、竜門の態度に驚いたようだった。

竜門はそのとき、アルキメデスが風呂から飛び出したときのような表情をしていたかもしれない。

竜門はややあって、真理が意外そうに自分を見ているのに気づいた。竜門は真理に飛びついて抱き上げたい気分だった。

辛うじてそれを抑えて、竜門は立ち上がると施術室へ行った。

真理の言ったことは正しかった。

これまで、相手の有利さばかり考えて、自分が有利な点をまったく考えていなかったのだ。

対策を考える間も、赤間の動きばかりにとらわれていた。赤間がいかに速く鋭く動くか。いかに彼のパンチやキックが強烈か。そういったことばかり考えていたのだ。

そして、あの体格だ。

自分の突きや蹴りは、あの筋肉の鎧《よろい》に通用するだろうかと疑っていた。

筋肉の鎧に通用させる必要などないのだ。通用するところを突き、蹴ればいい。

そして、確かに竜門は赤間の体をことごとく知っている。

筋肉の発達のしかた。

骨格の特徴。頸椎《けいつい》、胸椎、腰椎のどこにずれがあるか。

内臓に張りはあるかどうか。どこの臓器の働きが鈍っているか。

竜門の指先はそういったことを覚えているはずだった。そして、それに基づいた弱点だけを徹底的に攻めるのだ。

赤間はけがをしている。打撲傷や捻挫は、赤間のような男にはけがのうちに入らないかもしれない。しかし、痛めていることには違いない。それはすべて弱点となる。

そして、竜門はその傷の位置を正確に覚えていた。

にわかに自信が戻ってきた。それは、ごくささやかな自信だった。だが自信には違いなかった。

戦いの糸口がつかめたのだ。

竜門は、決して犯してはいけない過ちを犯すところだった。

相手のペース、相手の方法に巻き込まれ、自分の戦いかたを見失ってしまうところだった。

どんな武術家、格闘家も、自分が得意としている技が一番強いのだ。相手に合わせようとするあまり、得意でもない技を無理に使うという誤りをなぜか犯してしまう。

柔道家は柔道で戦うしかなく、空手家は空手で戦うしかない。柔道家が相手だからといって、相手に合わせ、空手家が投げ技を使っても決まるはずはない。

それは誰にでもわかる。しかし、例えば、同じ空手家同士になると、その戦いの原則をなぜか忘れて、相手に合わせて戦ってしまうことがある。

竜門は心に決めた。

相手がフルコンタクト系空手で、パンチやキックに自信を持っていてもかまうことはない。こちらは、常心流の免許皆伝を信じ、あくまで武術としての戦いかたを貫くだけだ。

そう思い定めたとたん、戦いの準備が整った、と感じた。

その夜、もう一度竜門は赤間のビデオを観た。

不思議なことに、今まで見えなかった赤間の動きの特徴が見えてきた。

赤間は、左右の動きよりも前後の動きのほうが得意なようだ。相手の攻撃をかわすときも、左右のスウィングよりも、ダッキングやスウェイといった前後の動きを多用する。ステップも、サイドにかわすときより、バックしてから前に出るとか、小刻みに前方へステップするほうが滑らかに見える。

心理状態が変われば視点も変わる。視点が変われば、新しいことに気づくものだ。

左右の動きより前後の動きが得意だというのは骨格にも現れていた。

竜門は思い出した。

赤間の胸椎は、一番と五番と九番がわずかにずれていた。

これは前後に体を使う人の特徴だ。

前後によく体を動かす人は、だいたい胸椎の一番、五番、九番に力がかかるのだ。

逆に、左右に体を動かすと、一番、四番、七番が支点となり力がかかる。つまり、その骨に歪みが出やすいのだ。

そして、一番、五番、九番が歪むいわゆる前後型の人間というのは、どちらかといえば理屈っぽい。悪くすれば物事を杓子《しゃくし》定規に考えがちだ。

左右型は、感覚的な人間が多い。

赤間は、前後型だ。なるほど戦略に長《た》けているはずだ、と竜門は思った。理論的な思考をする赤間は、細かく戦略を立てて戦うタイプなのだ。

そうして見ると、赤間は、実によく敵を研究していることがわかった。

彼は感覚的に相手に反応するというよりも、パターンを読んで動いているのだ。

黒人空手家の得意なコンビネーションを覚え込んで、対応しているのだ。もちろん、赤間の感覚が鈍いわけではない。タイプの問題だ。

感覚だけで戦うタイプもいる。そして、細かい戦略を立てて戦うタイプもいる。

今ごろ、赤間も竜門の技を分析しているに違いない。そう竜門は思った。

本物のプロは素人をあなどらない。あなどりはしないが、必ず優位に立つ。それがプロの誇りだ。

竜門は、研究されることをもはやおそれていなかった。腹をくくればいろいろなことが良い方向に転換されていく。

自分の技を信じていればいいと彼は思った。どんなに赤間が鍛えていても、また、プロの格闘家だとしても、すべての技が通用しないはずはない。

ひとつでも通用する技があれば、それを突破口とするのだ。

この間、『族狩り』が出たというニュースは聞いていない。

赤間は慎重になっているのだと竜門は思った。

彼は頭のいい男だ。決して軽はずみに動いたりはしない。竜門に知られたということは、いずれ警察にも知られることを意味していた。

一般人が気づくことぐらい、警察が嗅ぎつけぬはずはないと考えるのが普通だ。

赤間は、小田島とその仲間に制裁を加えるまで――あるいは殺すまで、警察の世話にはなりたくないはずだ。

慎重だが、いつまでもぐずぐずしているわけにはいかないはずだった。時が経てば、それだけ、警察の捜査は進む――赤間はそう考えるはずだった。

勝負に出る潮時だと竜門は思った。

この期を逃がすと、こちらの自信もまた揺らいでくるかもしれないという考えもあった。

ドアチャイムが鳴り、竜門は立ち上がった。夜の訪問者など滅多にない。

ドアについた魚眼レンズをのぞくと、そこに奇妙にデフォルメされた辰巳の姿があり、驚いた。

竜門はドアを開けた。

「警察だ、ドアを開けろ、と怒鳴り、言うとおりにしないときは蹴り破るんじゃないんですか?」

「いや、たいていはこうしてベルを鳴らす。日本のドアは外側に開くようにできていることが多いので、恰好よく蹴り破ることもできない。それに、今はそういう気分でもない」

「それで……」

「刑事を戸口に立たせておくとろくなことがないぞ」

竜門は、何も言わず部屋のなかへ退《さ》がり、道を開けた。

「どうも……」

辰巳は口のなかでそうつぶやくと、部屋のなかに入ってきた。

彼は、ダイニングセットの椅子を勝手に引き出して大儀そうに息を洩らしながらすわった。

竜門は茶を入れようともしなかった。

「僕にはもう話すことはありませんよ」

「明日あたり、先生は赤間に会うつもりなんじゃないかと思ってね」

正直に言って竜門は驚いた。辰巳という男をおそろしいと感じた。あるいは、おそろしいのは刑事という人種かもしれない。どちらなのか、竜門にはわからなかった。

ただ、今日のまえにいる人物はあなどれないということは確かだった。

「どうしてそう思ったんです？」

辰巳は、表情にとぼしい眼を竜門に向けて言った。

「俺は、あまり時間の余裕がないことをあんたにほのめかした。あんたはそれをわかっているはずだ」

竜門はうなずいた。

「それは赤間もわかっているはずです」

「そうだな……。そして、明日は土曜日だ」

「土曜日……？」

「ガキどもが土曜の夜、おとなしくしていると思うか？　ガキどもが動き出す。すると、その餌《えさ》を追って、猛獣も動き出す」

なるほど、と竜門は思った。

ふたりは、違った理由から出発し、同じ結論に達したのだ。

竜門も、明日赤間に会いに行くつもりだった。

これを偶然とは呼べないと竜門は感じた。竜門と辰巳はそれぞれの必然によって、明日という日を割り出した。

(そうすると)と竜門は考えた。(同様の必然によって、赤間が、明日、僕と戦う気になっていてもおかしくはないな)

戦いの潮時というのはそういうものだ、と竜門は感じていた。

「その日が明日だとしたら、どうだというんです?」

竜門は尋ねた。「まさか、今さら、ばかなまねはやめろ、などと言い出さないでしょうね」

「足が必要かもしれないと思ってな……」

「足……?」

「どういう状況で先生が赤間と会おうとしているかは知らない。だが、赤間は車を持っている。先生は持っていない。やつとカーチェイスをやる可能性だってないとは言えない」

竜門は首を横に振った。

「そういうことは起こらないでしょう」

「ほう……?」

「僕は明日、彼を修拳会館の道場に訪ねるつもりです」

辰巳が片方の眉を釣り上げて見せた。

「敵の本陣に乗り込もうというのか?」

「そして、今夜のうちに彼に電話をして、明日、会う約束を取りつけておくつもりです」

「奇襲のほうがいいんじゃないのかい、先生……」

竜門は小さく肩をすぼめた。

「奇襲で赤間を倒しても、彼は納得しないでしょう。負けたとは思わないのです。むしろ、ちゃんとした一種の手続きを踏んで戦いに臨んだほうが、彼に対するプレッシャーになる」

「やつがプロだから……？」

「そうです」

「だが、彼が恥も外聞もなく、あんたをつぶそうと考えたら……？　例えば、修拳会館の連中総がかりであんたを袋叩きにする、とか……」

「そのときは、赤間を道づれにしますよ」

「先生ならやるだろうね……」

「やれると思いますよ」

「こういうことはやれるかやれないかじゃなくて、やるかやらないかが問題なんだ。あんたはやるだろう」

「これから赤間のところに電話します」

「自宅にいるかな?」

「まだ修拳会館にいるはずです」

「ここにいてかまわないか?」

竜門は、少し迷ってから、どうぞと言った。

彼は修拳会館に電話をかけ、赤間を呼び出してもらった。

赤間が出ると、竜門は名乗っただけで前置きなしに言った。

「明日の夜、そちらを訪ねる」

竜門は赤間の返事を聞いて電話を切った。

辰巳が尋ねた。

「何と言った?」

「お待ちしています、と……」

「俺も行こう」

竜門は辰巳を見た。竜門がこたえるより先に辰巳は言った。「俺にはあんたの勝敗を見届ける権利があると思うが……」

竜門はかぶりを振った。

「これは、僕と赤間だけの問題です。あなたがそうしてくれたんじゃないですか」

辰巳はしばらく竜門を見つめていた。

やがて彼は言った。

「わかった。では、せめて修拳会館まで車で送ろう」

その申し出まで断る理由はなかった。竜門はうなずいた。

16

金曜の夜、小田島は自宅から動かなかった。家庭裁判所は、両親に彼と同居するよう勧告したが、両親はすでに彼を理解することをあきらめ、おそれてさえいた。

そのため、自分たちの名義のマンションに彼ひとりを住まわせ、両親は郊外に別宅を構えていた。

彼のような少年について、家庭裁判所などは親に教育上の責任云々《うんぬん》を言う。不適当な教育の結果荒れた少年ができるのは確かだが、残念なことに、その時点から十数年間の教育のありかたをくつがえすのは不可能だ。

だから、そうした家庭裁判所の言い分は、きわめて非現実的なのだ。

両親だって自分の子に殺されたくはないのだ。また、一般市民として、たとえ、自分の子からでも命を守る権利がある。現実はそこまできているのだった。

彼は一時間置きに金子、谷岡、牧の三人からの連絡を電話で受けていた。

彼らは三方に分かれ、数人を連れて街中を流しているのだ。主に六本木と山手通りの間を走り回っていた。

情報収集が目的なので、派手な暴走行為はひかえていた。それでも、彼らは通行人や道の近くに住む人々が眉をしかめるような排気音を立てており、充分に迷惑な存在だった。

小田島は、この戦争ごっこを楽しんでいた。自分を狙っている男がいるとか、今度犯罪行為をはたらいたら、間違いなく懲役となり、しかも前よりずっと長くなることなどはまったく気にしていなかった。

彼は、ただ世の中が面白ければいいのだ。その夜は、またしても『族狩り』は現れなかった。

「今に網にかかるさ」

小田島はひとりつぶやいた。「焦ったほうが死ぬ……」

土曜日はいつものように施術は午前中だけだった。

竜門はここ二、三日の間、炭水化物中心の食事にしている。麵《めん》類を食べたり米を多量に食べるのだ。

体内に最も効率がいい形でエネルギーを蓄えるためだ。本来なら、何カ月かかけて体をしぼった上で行うと効果的なのだが、竜門にはその余裕がなかった。

だが、やらないよりはいい。そして、これから竜門はトーナメント試合に出るわけではない。何時間もエネルギーを燃やし続ける必要はない。ほんの一時間足らずの高エネルギーが保証されればいいのだ。

実際、赤間との戦いはそう長くかからないだろうと竜門は思った。

赤間のいいパンチかキックをまともにもらったら、その瞬間に勝負は終わる。

また、竜門の技が決まったら、やはり、赤間は戦力を失っているだろう。

その瞬間がいつくるかはわからない。だが、おそらく十分以内――早ければ数秒で決着がつくはずだと竜門は考えていた。

夜になっても辰巳はやってこなかった。

竜門は洗面所へ行った。

洗いっぱなしだった髪に整髪用のジェルをつける。

前髪を持ち上げ、サイドを後方へ流す。たちまち印象が変わった。昼行灯《ひるあんどん》のような感じだったのが、たちまち猛禽《もうきん》類のようになる。

眼光は鋭く、体格までが引き締まって見える。

竜門は、ポロシャツを着て、その上にスポーツジャケットを羽織《はお》った。動きやすいコットンパンツをはく。

最後に鏡をもう一度見て、儀式が完了したことを確かめた。夜の街に野獣を放つ儀式。

竜門は部屋を出ようとした。一瞬立ち止まって部屋の中を見た。

このまま戻って来られないかもしれない。今のうちに何かやっておくことはないか……。

しかし、竜門は再び部屋のなかに背を向けた。帰らぬための準備などすべきではないと思い直したのだ。

エレベーターで一階へ降り、外へ出ると見覚えのある車があった。

その運転席で煙草の火が赤く光っている。竜門が近づくとルームライトが点《とも》った。助手席の窓からなかをのぞき込むと、辰巳が言った。

「乗んなよ、先生。約束どおり送るぜ」

ほんの十分足らずで修拳会館道場のあるマンションのまえに着いた。

「じゃあな、先生」

辰巳は前を向いたまま言った。

「夕食まえの運動だ」

竜門は印象も違えば口調も変わっているようだった。辰巳はそのことを知っているのか驚きはしなかった。

「夕食、食えるといいがな」

竜門はこたえずに、かすかな笑いを浮かべた。そして、まっすぐ修拳会館の出入口に向かった。

道場に入ると、汗のにおいと熱気に包まれた。あちらこちらで激しいかけ声が聞こえる。残念ながら古流をみっちり学んだ竜門から見れば、それは気合いではなくただのかけ声だ。だが、間違いなく迫力はあった。

竜門に気づいて、またしても真っ先に大谷修一館長が近づいてきた。

「おや、竜門先生……。また赤間の様子を見に来てくれたんですか?」

「ええ……。赤間さんからは何もお聞きじゃありませんか?」

「ええ。あいつ、何も言ってませんでしたよ。いや……、そういえば、稽古が終わったあ
と、道場のリングを貸してくれ、なんて言っとったな……。何か特別なトレーニングでも
やるんですか?」

「まあ……、ちょっと施術を……」

「はあ、出張治療ですか、これはまた……」

赤間がやってきた。彼は笑顔さえ浮かべていた。作り笑いではない。自信の笑顔だった。

彼は訊いた。

「ひとりですか？」

「もちろん」

「稽古が終わるまで待っていただけますね」

竜門はうなずいた。


九時にすべての稽古は終わった。

門弟たちが着替えてから引き上げ、最後に大谷館長が赤間に声をかけた。

「何をやるのか興味あるんだが、私も残ってちゃいけないのかね？」

赤間は言いづらそうにしていた。自分の師からそう言われて、なかなかきっぱりと断れるものではない。

それを察して竜門が言った。

「申し訳ありません。これから行う施術は、実は秘伝に属するもので、人に見られたくないのです」

大谷館長はうなずいた。

「そういうことでしたらしかたがないな。戸締まりと火の元には充分に気をつけてな……」

彼は出て行った。

赤間と竜門のふたりきりになった。

赤間は落ち着いている。体力、体格、試合経験――あらゆる面で自分が圧倒的優位にあるという自信があるのだ。

その上、彼らがいるのは赤間が使い慣れた道場で地の利もある。

赤間は言った。

「ウォーミングアップは？　俺はもう充分にでき上がっているが……」

竜門はこたえた。

「必要ない」

「けがするよ、先生」

「僕は僕なりに体を作っているんだ」

赤間はかすかに笑った。

彼にしてみれば、竜門の体格など貧弱なものだった。彼は「体を作る」と聞いて、ビルドアップのことしか頭に浮かばない。

東洋武術的な五臓六腑を練り、気を練る体の作りかたをしらないのだ。もちろん、武術であるからには筋力は必要だ。竜門もあらゆる筋力を鍛えている。

しかし、ボディービルダーのような筋肉は必要ない。プロレスラーが筋肉をつけるのは、客に見せるためだという。アメリカの若手レスラーたちは、客、つまりはプロモーターにアピールするため、筋肉増強剤まで使って体をビルドアップする。それが原因で不眠症になり、麻薬におぼれたり、睡眠薬の乱用で死ぬ例さえあるということだ。

赤間も、そうした見せるための体を意識しているはずだ。客に見られるというのはそういうことなのだ。

「なら始めようか？　場所はこっちに利がある。ルールはそっちにまかせるよ。グローブとヘッドギアはどうする？」

「何も必要ない。ルール無用。これはスポーツの試合ではない」

赤間の余裕の表情は変わらなかった。彼はいろいろな試合の経験があるのだ。ストリートファイトの経験もあるかもしれない。

しかし、彼はその経験に縛られるはずだ、と竜門は読んでいた。ルール無用といって始めても、素手で顔面を殴ったり、金的を蹴ったりという行為に、ためらいを感じるはずなのだ。

彼は竜門相手に、そんなことをする必要さえ感じていないかもしれない。一方、竜門は勝つためなら、何でもするつもりだ。

眼球をえぐる必要があれば、それすらも躊躇《ちゅうちょ》しない腹づもりだった。

「いい度胸だね、先生」

赤間は言った。

やはり赤間は誤解をしている。ルール無用と言ったのは度胸の問題ではない。自分の制限を外しただけだ。

どんなルールで戦うにしろ、技に制限がある限り、古流武術は不利になる。竜門は、自分を有利にしただけだ。

竜門はスポーツジャケットを脱ぎ、さらに靴と靴下を脱いだ。緊張のため、足の裏に汗をかいていた。

「リングに上がるまえに、ひとつ聞いておきたいんだ、先生」

赤間が言った。

「何だ？」

「先生、人を殺したことがあると言ったね」

「ある」

「そのことを、ちょっと詳しく知りたくてね……」

竜門は、赤間がなぜそんなことを聞きたがるのか興味があった。

しかし、理由は訊かずに話し始めた。

「昔のことだが、武術家として生きていこうと思っていたことがある。そのころは今よりずっと血の気が多かった。十代のころのことだ。好きな女の子がいて、僕は自分の強さをアピールするのに夢中だった。彼女といっしょにいるところを、チンピラにからかわれたことがあった。チンピラはしつこくからんできた。僕は、頭に血が昇っていたし、彼女にいいところを見せるチャンスだと考えていた……」

「それで喧嘩を始めた……」

「そう。避けようと思えば避けられた喧嘩だった。だが僕は避けようとしなかった。自分の腕に自信があったんだ。しかし相手は三人。しかもなかなか喧嘩慣れしていた。殴られ蹴られ、僕はおびえてしまった。心底こわくなったんだ。気がついたら、相手のひとりを殴り殺していた。限度というものがわからなかったんだ。その姿を見ていた彼女は、すっかり僕のことをおそろしがって、二度と僕とは会おうとしなかった……」

「三対一で、しかもむこうからからんできたんだ。正当防衛じゃないのか」

「過剰防衛の過失致死。起訴猶予にはなったが、死んだチンピラの遺族に会わなければならず、僕は何度となく人殺し呼ばわりされた。少なからず、金も使った。どんな理由があるにせよ、人を殺したりしたら、そのことは一生ついて回るんだよ。他人が忘れても自分は忘れない」

「気にしないやつもいる。遊びで人を殺すやつらもいるんだ」

赤間は言った。「さあ、リングへ上がろうか」

赤間は、慣れたしぐさでロープをくぐった。

竜門もそれに習った。

たった十センチほど高いだけなのに、リングへ上がると、まるで周囲と世界が違うような感じがした。

結界だ、と竜門は感じた。

ロープを張り巡らせたリングは、そのまま注連縄《しめなわ》を張り巡らせた結界に通じるものがあるのだ。

床はラバーのマットが敷いてあり、板よりはずっと柔らかい。

ロープは固かった。強く張られており、ぶつかるとかなり痛そうだった。

そして、思ったより広かった。テレビなどで見るとリングというのは小さく見える。だが、実際に自分のコーナーに立つと、相手のコーナーが意外なほど遠くに見えるのだ。

「レフェリーもいない。試合開始のゴングもない」

赤間は言った。「これでいいんだな?」

「僕はリングに上がった瞬間からもう戦いが始まっていると思ってるんだがね……」

赤間の表情がさっと引き締まった。

彼は、一歩リング中央に近づくと、左足を前に出し、両手を顔面の両側に掲げた。

アップライト・スタイルの構えだ。蹴りに対する顔面防御を重視するため、フルコンタクト空手でこの構えを採用している選手は多い。

両手は固く握っていない。

グローブのくせが出ているのか、それとも防御がやりやすいように手を開いているのか、どちらなのかはわからない。

確かにパンチをさばくとき、手を開いているほうがやりやすいし、失敗が少ない。

赤間独特の軽快なフットワークはまだ見られない。彼は竜門の様子を見ながら、距離を計っている。

一方、竜門は、両手を下げたままだった。腰も落としていない。右足を引いて、わずかに半身になっているだけだ。

無防備にさえ見える。

だが、この『レの字立ち』による自然体は、充分に相手の攻撃に備えた構えになっているのだ。

ふたりは睨み合っていた。

赤間がじりじりと間をつめてくる。竜門は動かない。

いや、動かないように見えた。

赤間の間の詰めかたは大ざっぱだった。パワーとスピードだけが勝負のフルコンタクト空手では当然そうなる。

フルコンタクト空手の世界では、間合いを、蹴りの間合い、とか、パンチの間合いとしかとらえていない。

あるいは、アウトボックスのロングの間合いか、接近戦のショートの間合いがあるだけだ。

体格のよさに裏打ちされた打たれ強さと、パワーがあるため、それだけで充分なのだ。

それ以上の間合いの解釈はむしろ余計なものということになる。

一方、古武道系で言う間合いは、剣で練られたものだ。

触れるだけで切れる剣によって培われた理念なのだ。

間合いには、『間詰《まづもり》』があり、『間境《まざかい》』がある。

『間詰』とは、自ら詰めるべき間。『間境』とは、見えない壁のようなものだ。間は生きている。間合いというのは、空間的な距離だけの問題ではない。相手の技とこちらの技がぶつかるタイミングの違いによって、刻々と変化するものだ。

さらに、気当たりによっても変化する。

気当たりというのは、文字どおり、こちらの気が相手に当たることを言う。気迫ともいう。気で相手を圧倒するのだ。

竜門は、そうした間合いを計っていた。古武道的な間合いというのは、本当に、一寸あるいは一センチという単位で出たり引いたりして計るものだ。

その一センチが必要かどうかというのは、本人にしかわからない。

竜門は気を充実させ、赤間にぶつけていた。宮本武蔵は、対戦して睨み合ったとき、よく腹の底から響くような長く不気味な気合いを発し続けていたという。

これが気当たりだ。そして、その気の働きを声に出したものが気合いだ。

赤間は、竜門の迫力を感じ取ったようだった。

出たり引いたりがわずかに頻度を増した。しかし、まだそれほどの緊張は見られない。

子供を相手にした大人、あるいは色帯を相手にした黒帯といった感じだ。

おそらく、赤間は、実戦的な古流武術など見たことがないのだろう。古流と名のつくものは、たいていは形式ばかりだ。日本の古武道も中国武術も、伝統芸能の類でしかなく、リングの上で役に立つはずはないと、彼は考えているのだ。

だが、竜門が身につけている常心流は一味も二味も違った。それを赤間は知らない。

そろそろ決めちまおうか。

赤間はそれくらいの気持ちで、ワンツーからハイキックへつないだ。

リラックスした状態から、いきなりステップして、一気に三つの技を出した。

虚を衝いたように見えた。竜門にはとうていよけられるはずはないと赤間は思った。修拳会館の黒帯でも、その攻撃をかわせる者はほとんどいなかったのだ。

赤間は、流れるように上段の回し蹴りを出していた。

だが、彼は、竜門の姿をその瞬間に見失っていた。

17

ワンツーを出そうとしたときには、確かに竜門は目のまえにいた。

それればかりか、うまくロープ際まで追い込んでいた。

そして、虚を衝くようなワンツーからハイキックへのコンビネーション。タイミングもスピードも申し分なかった。

だが、技を出したとき、竜門の姿が消えた。

赤間は、驚いてバックステップした。そして何かにつまずいた。そう感じた。つまずいただけではなく、踵《かかと》のほうから足をすくわれるような気がした。

赤間は尻もちをついていた。

竜門が右手前方に立っている。赤間はあわてて立ち上がった。

赤間には何が起こったのかわからなかった。これが間合いの威力だった。

赤間は竜門に、完全に間合いを盗まれていたのだ。

赤間が攻撃をしかけたと同時に竜門も動いていた。

ワンツーをぎりぎりでかわしながら、ハイキックをくぐるように、赤間の右側へすり抜けた。

赤間はやはり、左右の動きに対する反応がやや鈍い。

ハイキックは、自分の足が視界をさえぎってしまう。さらに体の面が回転するので、足が通ったあとから死角になっていくのだ。

竜門はその死角を通ったのだ。

赤間は驚いたために、無防備にバックステップした。その足を刈るのは簡単だった。

赤間は油断を反省した。

（彼はまったくの素人というわけではないのだ）

再び赤間はアップライトスタイルに構えた。

竜門はさきほどと同じく『レの字立ち』になったが、今度は、左の手を開いて、顔のまえに掲げた。肘にためがある。

赤間は、テクニックを駆使しようと考えた。どんな相手でも油断は禁物で、常に全力で戦うべきだという、格闘技界の常識的戒めを思い出したのだ。

彼はフットワークを使い始めた。

しかし、やはり彼は、素手の拳で顔面を殴ることをためらっていた。

修拳会館のルールでは、グローブを導入するまで、顔面打ちはすべて反則で、厳しく禁じられていたのだ。

そして、グローブを採用したのは、ごく最近のことだった。

そのため、赤間は、フルコンタクト空手の常套《じょうとう》手段で、竜門のあばらを狙っていた。

フルコンタクト空手の選手は一般に打たれ強く、腹を殴っても腹筋ではね返されてしまう。

あばらを狙うのが一番ダメージを与えるのだ。フルコンタクト空手の試合で肋骨《ろっこつ》を折るのは常識にすらなっている。

やられてみるとわかるが、特に下のほうの肋骨にパンチをくらうと、鳩尾《みぞおち》を突かれたような苦しさを感じる。息ができなくなり、ダウンを取られるのだ。

赤間は、左、右と続けざまにパンチを出した。フック気味に、竜門の脇腹を狙う。

だが、左を出したとたん、体の向きが変わってしまい、右を封じられた形になった。

竜門は、赤間の左肘を抑え、パンチの方向をそらすように受け流したのだ。

赤間は自分のパンチの勢いで体をひねってしまった形になったのだった。

竜門はやはり赤間の左側へ移動した。つまり左右の動きを使ったのだ。

赤間には、竜門のように非力そうに見える相手が、自分の体を手玉を取るようにあしらったのが不思議だった。

これも間合いとタイミングの問題だ。

竜門は、武道の最高の境地である『見切り』を使いこなしているのだ。

『見切り』というのは、相手のパンチや蹴りの到達位置を見極め、それをぎりぎりでかわすことのように誤解されがちだ。

実は『見切り』というのは間合いと実に密接な関係がある。

見切るために、間合いにこだわるのだ。どんなときでも、間合いというのは『見切り』のために計らねばならない。

そして端的にいうと、『見切り』というのはタイミングのことだ。

赤間の考えるとおり、まともに力比べをしたら、竜門はとてもかなわない。

また、赤間のパンチが迫ってからでは力負けしてさばくこともできないに違いない。

そこで『見切り』が必要になるわけだ。

パンチが出てくるところをとらえるのだ。相手の技が出ようとするところ、技がくるところをとらえる。それを『見切りの早さ』というのだ。

『見切り』が早ければ、相手の攻撃がどんなに力強かろうと、どんなにスピードがあろうとその威力を殺すことができる。

そして、そういう状態でさばかれると、攻撃したほうはたいていは体勢を崩してしまうのだ。

中国武術ではこの技法を、聴勁《ちょうけい》および化勁《かけい》と呼ぶ。

今のところ、竜門が赤間を翻弄《ほんろう》しているように見える。赤間は、本来の力を出していない。出すまえに、竜門に抑えられているのだ。

竜門はたいした技を使っていない。足払いとてのひらによるさばきだけだ。

赤間にとってみれば、それは余裕と映るはずだ。

しかし、実際はそうではなかった。

竜門は必死で、彼の持てる最高のテクニックを駆使しているのだ。間合いの攻防や『見切り』だ。

それらの高度なテクニックによって、ごく初歩的な足払いやさばきが、本物の技となるのだ。

赤間は、金子と谷岡を倒したときの竜門を見ている。

あのとき、竜門は木刀で打ちかかってくる少年たちに喉輪のような突きや掌底《しょうてい》を出した。赤間はそれを、カウンターのタイミングと解釈した。

実は、あのときも、竜門は木刀の攻撃を見切っていたのだ。赤間に見取られるのを恐れたのも、『見切り』のタイミングなのだ。

竜門の技はすべて『見切り』を基本としている。

赤間がカウンターのタイミングと解釈したのは間違いではなかった。西洋的なスポーツ、あるいは西洋のテクニックを多く取り入れたフルコンタクト空手などでは、『見切り』に最も近いものはカウンター攻撃ということになる。

しかし、実際はカウンターよりも、竜門のタイミングは早い。竜門は『見切りの早さ』

だけを追究して何年も修行を続けたといっていい。

武術家の命は『見切りの早さ』なのだ。

その一瞬の違いが、赤間を戸惑わせていた。カウンターのタイミングなら、赤間も充分に知っている。

そして、彼はカウンターには注意していたのだ。

赤間は、竜門の技がカウンターではなく、もっとやっかいなタイミングであることにようやく気づき始めた。

ならば、と彼は思った。パワーとスピードで押し切るだけだ。

過去のリング上で、赤間は、畳みかけるラッシュで幾多の危機を脱出してきたのだった。

一方、竜門は、一瞬のチャンスだけを待っていた。

あるかないかのチャンスだった。

絶妙の間合いを確保でき、これ以上ないという『見切りの早さ』でタイミングを取れた瞬間。

そのために、竜門の神経はほとんど極限まで張りつめていた。

竜門の体重は六五キロ、身長は一七五センチだ。赤間は一九〇センチで一〇〇キロ近くある。

この差を埋めるためには、最高の『見切り』のタイミングが必要なのだ。でなければ、竜門は勝てない。

体重差が三〇キロあったら、ウエイトの軽い選手のパンチはまず通用しないというのが格闘技界の常識だ。

たいていの格闘技でウエイト制が採用されているのはそのためだ。西洋的な格闘スポーツで「柔よく剛を制す」や「小よく大を制す」はあり得ない。大きくて力の強い者が常に勝つのだ。

アメリカ人はそのことをよく知っているから、アメリカのボクシング界でスターになれるのはヘビー級チャンピオンだけなのだ。

小さく非力に見える者が技とタイミングによって大きな者を倒すから、西洋人は日本の武道に驚嘆したのだ。

そうした高等技術を顧みず、パワーとスピードだけに頼っていては、日本人は西洋人にはかなうはずはない。人種的に体格が劣るのは残念ながら事実だからだ。

赤間は、変速的なタイミングから右ローキックを出してきた。

フルコンタクト空手やムエタイでおそろしいのはこのローキックだ。ローキックは、危険なため、伝統的な空手流派では禁じ手になっている。

だが、竜門のなかにはひとつの類推があった。

常心流では六尺棒術も学ぶ。六尺棒を薙刀《なぎなた》のように使い、大腿部やすねを攻撃することがある。

竜門はローキックをそれに見たてて、わずかに後方に退《さ》がってかわした。うまくいった。

赤間はそれを狙っていた。

これまで竜門は一度も退がらなかった。赤間の攻撃に対し、常に前方に出ながら、あるいはその場で反撃していたのだ。

退がると見るや、赤間は、猛然と左右のパンチを浴びせてきた。フックでやはりあばらを狙っている。

その左右のパンチにローキックやミドルキックが混じる。

すさまじいラッシュだった。

竜門はただ、肘を脇にしっかりつけ、背を丸くして耐えるしかなかった。

ローキックが何発か大腿部の外側にヒットする。

重苦しい痛みが走り、足がひきつるような感じがする。

パンチをブロックしている両方の腕はたちまちあざだらけになった。

竜門はこれを恐れていたのだ。

赤間の体格とパワー、スピードで押し切られたらちょっと勝ち目はなくなる。腕でブロックしていても、赤間のフックは胴体に響いてくる。ローキックは確実に効果を現しつつある。

竜門は恐怖を感じた。

絶望的な恐怖だった。まだ初心者のころ、おそろしい黒帯の先輩に、特訓と称してシゴかれたときの気分に似ている。

だが、それよりもずっと強烈だった。

竜門は、恐怖のために度を失いそうになった。

赤間のスタミナはずば抜けている。口からシュッ、シュッ、と音を洩らしながら、ラッシュを続けている。

ラッシュは無酸素運動だ。普段から、過激なトレーニングを積んでいることがわかった。

こうした運動能力はつらい心肺系のトレーニングでしか得られない。

赤間のおそろしい猛攻は永遠に続くのではないかと思われた。

竜門は全身を襲う激痛のため、寂寥《せきりょう》感すら覚えた。自信などたちまちしぼんでいく。

その狂おしい恐怖感が彼を残忍にした。

竜門は本来の戦いを思い出した。切れたのだ。

赤間は、ほぼ同じパターンで、左右の連打とローキックを繰り返していた。パターンを守るのが一番疲れないのだ。

赤間の右ローキックが来る。その瞬間に、竜門は左足をまっすぐ跳ね上げた。足の甲が金的をとらえた。

赤間はローキックを中断して、うめき、体をくの字に折った。

その顔面に左右から掌底を見舞う。しっかり、顎を狙った。

さらに、足を払った。

赤間はひっくりかえった。

だが、竜門の反撃はそこまでだった。彼もダメージのために膝をついてしまった。

赤間は、股間をおさえ、苦悶《くもん》している。顔面を掌底で打たれた衝撃も残っているようだ。

掌底および掌打は時によって、拳よりも威力を発揮してくれる。特に接近戦においては有効だ。

衝撃が広範囲にわたって伝わるため、グローブをはめたときのような効果を期待できる。脳震盪を起こさせやすいのだ。

竜門は動こうとしたが、まだ思うにまかせなかった。ダメージは蓄積しているため、なかなか回復しない。

赤間のほうが先に起き上がった。苦痛に耐えたせいで赤い眼をしている。

その充血した眼で竜門を睨んだ。怒りにぎらぎらと光る眼だ。

急所を攻撃されて腹を立てない男はいない。竜門は赤間を怒らせたのだ。

赤間はさらにおそろしい男になったのだ。しかし、竜門はもはやおそれてはいなかった。

切れた竜門にこわいものはないのだ。

竜門も立ち上がった。

まだ腕と大腿部のダメージは残っている。だが、そろそろ何とかなりそうだった。

赤間は仕返しをしようと考えているように見えた。ただ叩きのめしただけでは腹の虫がおさまらないのだ。

彼は珍しく、いきなり、前蹴りを出した。竜門は、体中のダメージのため、うまく動けず、その前蹴りを腹に受けた。

だが、何とか耐えられた。

しかし、その前蹴りは膝を中心にくるりと上段回し蹴りに変化した。蹴り足を降ろさずふたつの蹴りを出す『二枚蹴り』だ。

咄嗟に竜門は頭をかかえるようにしてブロックした。

そのブロックごと弾《はじ》き飛ばされた。やはり、一瞬のうちに蹴りに体重を乗せるのがうまい。

重たいハイキックだった。

竜門はロープまで飛ばされた。そのとき、まったく予期しないことが起こった。

竜門は背がロープに打ちつけられるのを感じた。

ひどく固い。背中が痛んだ。ロープにぶつかるのがこれほど痛いものとは思わなかった。

しかし、問題はそのあとだった。

体がロープに弾き飛ばされたのだ。

プロレス中継などで、ロープに投げた相手が弾かれて戻ってくるところを攻撃する場面があるが、あれをばかばかしい約束事と思っていた。

だが、そうではないことを竜門は思い知った。

本当に体は跳ね返されるのだ。

赤間はそこを待ち受けていた。体を大きくひねっている。

黒人空手家に見舞ったフィニッシュブローだ。

赤間は、顔面に素手のパンチを叩き込むつもりで待ちうけている。金的蹴りの仕返しだ。

そのパンチを顔面にくらったら、文字どおり命が危ない。

そして、竜門の体は本人の意志とは関係なく、ロープによって赤間の待ち受けるところへ弾かれていく。

赤間の上体が回転した。

その回転にリードされて、強烈なパンチが飛んでくる。

竜門はそのとき、自分が叫んだような気がした。

彼の意識より早く、体が反応した。彼は上体を前方へ突き出すことにより加速していた。

おそろしいパンチが顔面に激突しようとする、その一瞬まえに、竜門はインファイトする形になった。

ぎりぎりの『見切り』だ。そして、絶妙のタイミングだった。

そのまま、竜門は右の掌底を赤間の顎めがけて突き上げていた。

そのあと、何をどうしたか覚えていない。気がつくと、赤間は大の字に倒れていた。

竜門はその赤間の喉を両手で決めていた。さらに右手の肘を左膝でおさえ、腹に右膝をのせていた。

つまり、両手で喉の水突《すいとつ》と天鼎《てんてい》、および下顎骨の内側にある天容《てんよう》のツボを決める。

左膝で肘の曲池《きょくち》や尺沢《しゃくたく》のツボを決め、右膝で腹の鳩尾や章門のツボを決めているのだ。

これはすさまじい苦痛のはずで、どんな怪力の持ち主だろうが、力を入れることができなくなる。

竜門は自分でも気づいていなかったが、この体勢に至るまで、五つの技を一瞬のうちに繰り出していた。

まず右の掌底で顎を突き上げた。そのまま右手の指を鞭《むち》のように使い、眼を打った。俗にいう〝霞をくれる〟という技だ。

それで赤間の動きは止まった。

すかさず、左の正拳で中段最大急所、膻中《だんちゅう》を突き、右足をかけて裏投げで倒した。倒したところで、脇腹の章門のツボをさらに上から突き降ろし、最終的な形に決めたのだった。

そのまま、竜門は大きく息をしていた。鼻から荒い息の音が聞こえる。彼の顔面から汗がしたたった。

やがて、赤間があえぎながら言った。

「……参った。ギブアップだ……」

実際、相手が赤間でなかったら、決めにいくまでに、気を失っていただろう。

竜門は、参ったと言われてもすぐに決めを解かない。そのままじっとしていて、もしかしたら、このまま殺されるのではないか、という不安を、さらに相手に与えるのだ。

それからおもむろに決めを解いた。

赤間が激しく咳込《せきこ》んだ。大きく息を吸い込むときに、唾液が気管に入ったのだ。

竜門は本気で喉を締めていた。それから急に解放された反動だった。

竜門の顔は真《ま》っ蒼《さお》だった。一瞬の激しい緊張のせいだ。

彼は、ロープにつかまり、ようやく立っていた。

赤間の咳がようやくおさまった。

彼は、しばらくリングの上ですわりこんだまま茫然としていた。

やがて、下を向いたまま言った。

「俺は、小田島を許せないんだ」

口惜《くや》しさのため涙を浮かべていた。

竜門は唾を二度三度飲み下した。しゃべると声が震えそうな気がした。思い切って彼は声を出してみた。何とかだいじょうぶだった。

「約束は守ってもらう」

「わかっている。だが、俺の気持ちもわかってくれ」

竜門はしばらく黙っていた。赤間は力なくうつむいていた。

竜門は言った。

「約束どおり、小田島を殺すのはなしだ」

赤間は何も言わない。

竜門は続けた。

「だが、これから僕がやろうとしていることを、どうしても手伝いたいというなら、断ろうとは思わない」

赤間は顔を上げた。

「何をするんだ……？」

「小田島に説教でもしてやろうと思ってね」

竜門はリングを降りた。

身じたくを整える。

そして、修拳会館を出た。赤間が空手衣の上にスウェットの上下を着て、あわてて竜門を追ってきた。

竜門は立ち止まった。赤間は出入口に鍵をかけ、シャッターを閉めた。竜門はそれを待っていた。

辰巳が立っているのが見えて、竜門は驚いた。

「まだいたのか」

「夕メシ、いっしょに食おうと思ってな」

「残念だが、まだやることがある」

辰巳は竜門と赤間を交互に見つめた。何か言いたげだったが、何も言わなかった。

竜門は赤間のシビックに乗り込んだ。

シビックが発車すると、辰巳は諦めたような顔でかぶりを振り、覆面パトカーでそのあとについていった。

18

「例のシビックを見つけた」

金子が電話で知らせてきた。彼は携帯電話を持っていた。

小田島は尋ねた。

「どこだ？」

「駒沢通り。山手通りとの交差点だ。まっすぐ恵比寿方面へ向かっている」

「ということは、こっちへ向かっているということだな……」

「そうだ」

「集められるだけ集めてくれ。駒沢通りで待ち受けるぜ」

電話を切ると、小田島は、戦闘服と呼ばれている丈《たけ》の長い服を着た。背中にチーム名が刺繍《ししゅう》されており、旭日旗などが縫いつけてある。

そして、長い鉢巻きを締めると、彼は出かけた。

竜門が何も言わなくても赤間はどこに行けばいいのかわかっていた。

ふたりは、一言も口をきかなかった。

シビックは恵比寿を過ぎて明治通りとの交差点にさしかかった。すぐうしろに辰巳の車がついてきていた。

信号が変わり、シビックは発進した。どこからともなくバイクが二台現れ、シビックの前や後ろにうるさくつきまとい始めた。

赤間は何事もないように進んだ。やがて、何台ものバイクが路上駐車しているのが見えてきた。

二台、三台と横に並んで駐《と》めている者もいた。

「お出迎えだ」

赤間がつぶやいた。竜門はうなずいた。

赤間は静かにシビックを駐めた。

竜門は振り返った。辰巳が少し離れたところに車を駐めているのが見えた。

よく見ると、辰巳は、無線のマイクを持っている。

「仕事熱心だな……」

竜門はそっとつぶやいた。

赤間が先に車を降りた。竜門はすぐに続いた。外に出たとたん、やかましいバイクの排気音が聞こえた。

小田島が少年たちに囲まれ、面白そうに竜門と赤間を見ていた。

少年たちは、全部で二十人ほどだった。手に木刀や鉄パイプを持っている。

金子、谷岡、牧の三人が小田島のすぐそばにいた。

金子が大声でわめいた。

「今、集合かけたからな。すぐにあと五十は集まるぜ。てめえら、ここで死ぬんだ」

竜門は小田島に言った。

「おまえたちと遊ぶ気はない。けじめというものを教えに来たんだ」

小田島がにやにやと笑っていた。彼は言った。

「ちょっとばかり誤算だった……。あんたたちふたりがつるんでいるとは思わなかったな……。あんたらは敵同士だと思ってた……」

「昔の人はうまいことを言ったもんでな……」

「昨日の敵は今日の友……？」

小田島が茶化すような調子で尋ねた。

「そうだ」

「こうなったらしかたがないから、ふたりいっぺんに片づけることにするよ」

小田島を取り巻いている少年たちがいっせいに動いた。

大声でわめきながら木刀や鉄パイプで打ちかかる。

リングを降りてから元気がなかった赤間が本領を発揮した。

かわしざまに、パンチを叩き込む。

出てこようとするところに蹴りを見舞う。

少年たちは、一発か二発で倒されていった。

竜門も負けてはいない。

相手が武器をふりかぶった瞬間に、すでに彼は攻撃を終えていた。

三連打、あるいは五連打を、一呼吸で叩き込む。

やはり、少年たちは、あっという間に昏倒《こんとう》させられた。

金子、谷岡、牧、そして小田島が残った。

「退《さ》がってろ」

小田島は言って、自分のバイクのシート脇から武器を抜き出した。

竜門はそれを木刀だと思った。

しかし、小田島は、鯉口《こいぐち》を切り、冴《さ》えざえとした白刃を白木の鞘《さや》から抜き払ったのだった。

鞘を金子に手渡す。

金子、谷岡、牧は、自信の笑いを浮かべていた。

小田島は日本刀を両手で構えた。

金子がうしろで言った。

「真剣《ほんみ》だぜ、それ」

小田島は、じりじりと前に出てくる。

竜門は赤間にそっと言った。

「あんた、真剣を相手にしたこと、あるか?」

赤間はこたえた。

「いや……」

るはずだ。

「ならしかたがない。僕が相手をする。退がってくれ」

竜門も真剣を持った相手と戦ったことはなかった。しかし、赤間よりは武器に慣れているはずだ。

そして、古流の武術は、こういうときにこそ役に立たねばならない。

小田島は、剣を青眼《せいがん》に構えている。剣道の経験がありそうだ。

たいへん面倒だった。剣道経験者が真剣を持ったら、まず他の格闘技はかなわない。

初太刀しかない、と竜門は思った。

もつれたら、助からない。初太刀を見切って勝負をかけるしかないのだ。

舌が乾いていた。喉がひきつるようだ。暑くもないのに汗が流れる。

小田島は、自信に満ちた構えで詰めてくる。

退がりたい。

しかし、一歩でも退がったら、その瞬間にばっさりと斬られるだろう。

竜門は退がりたいという衝動に耐えた。

どれくらい睨み合っていたか竜門にはわからない。時間の感覚が凝縮された感じがする。

竜門は、押していた気を、ふっと引いた。

「うりゃー」

小田島が、振りかぶって打ち込んできた。

打ち込みは鋭い。

竜門はすでに動いていた。退がらず、左に体を倒した。そのまま、捨て身となった。

身を地面に投げ出したのだ。

同時に、蟹《かに》ばさみの要領で小田島の足をはさんでいた。

小田島は、自分の打ち込みの勢いで前方に投げ出された。

あおむけに倒れる。

すかさず赤間が、日本刀の柄《つか》を膝で地面におさえつけた。

竜門は、倒れたまま大きく息をついた。

今になって腰が抜けたように動けなくなった。日本刀への恐怖のためだった。

そのとき、あちらこちらで、パトカーのサイレンが、聞こえた。

一声だけ鳴いた、という感じのサイレンだ。パトカーは、すぐ近くの角や辻から四台現れた。

竜門は辰巳がやってくるのを見た。

辰巳は、金子、谷岡、牧の三人が逃げ出すのを見ていた。追おうとはしない。パトカーの警官たちにつかまるのがわかっているからだ。

辰巳は、パトカーを呼び寄せ、そっと近づくように段取りをしたのだった。

「凶器準備集合罪、傷害罪、銃刀法違反、道路交通法違反」

辰巳が小田島に言った。「それに、ええと、殺人未遂だ。現行犯で緊急逮捕する」

辰巳は、日本刀を拾い、それをやってきた制服警官に渡すと、小田島に手錠をかけて引き立てた。

竜門が立ち上がった。

彼は小田島に言った。

「世の中をなめるな。もう一度、頭を冷やしてこい」

辰巳が苛立った声で言った。

「ふたりとも、早く俺の目のまえからいなくなれ。すぐに姿を消さないと、おまえたちもしょっぴいて、ぶち込むぞ！」

19

竜門は、事務室で施術後の記録をつけていた。

誰かが玄関から入ってきた気配がした。真理の声が聞こえた。

「あら、赤間さん……」

竜門は立ち上がり、待合室をのぞいた。

「先生」

赤間が言った。「予約してないんですが……」

竜門は言った。

「今、ちょうど空いてます。施術室へどうぞ」

赤間は施術室に入った。

真理が受付の机から立ち、竜門に近づいてきた。彼女はそっと言った。

「例の話、これからなんですか？」

「例の話？」

「ほら、喧嘩になるかもしれないっていう……」

「あれはもう済んだ」

「なあんだ。赤間さんの顔を見たとき、はらはらしちゃった……」

「案ずるより産むが易しってところだ」

「それで先生、すっきりした顔してるんですね」

「いつもと変わらんだろう」

「うそ。二、三日前とは大違い」

竜門は、どうしてこう僕の回りには油断のならない人間ばかりいるんだろう、と思いながら、施術室へ入った。


「警察へ行ってきました」

赤間は言った。竜門は驚いた。

「罪は問われなかったのですか？」

「説教されて放り出されました」

「ははあ……」

竜門は、それも当然だと思った。警察も、今後の事件性なしと判断して送検をやめたのだろう。つまり、喧嘩と同じ扱いにしたわけだ。問題は小田島のほうにあるのは明白だ。

赤間は言った。

「復讐は熱病みたいなものですね。熱が冷めるとなぜあんなに苦しんでいたのか、という気になります」

竜門は何もこたえない。

「でもね、先生。自分は彼らを許したわけじゃありません。暴走族になるにはそれなりの理由もあったのでしょう。社会のせいだと言う人もいます。彼らの言い分を聞こうという風潮さえあります。それは自分にもわかります。わかった上で、自分ら、それをはっきりいけないことだ、正しくないことだと言わなけりゃならんと思います」

「同感だね」

「間違っていると思ったことは、はっきり間違っていると言ってやり、そこから議論するなり戦うなりしなけりゃ、正義というものがまったくわからなくなる」

「君の言うとおりだ」

「先生ならわかってくれると思ってました」

「当然ですよ。僕は君のやっていることも間違っていると思った。小田島も悪いと思った。だからふたりと戦ったんです」

赤間はうなずいた。

竜門は言った。

「さ、施術をしよう」

竜門はカーテンを引いた。

カーテンのむこうから、赤間の声が聞こえてきた。

「でも……、先生は強いんですね」

竜門はこたえた。

「いいですか。それは他言無用にしてください」

辰巳が竜門整体院に現れたのは、その翌日の夕刻だった。

辰巳は竜門に言った。

「先生。腹のなかがあったかくなる治療はないかい？」

「どうしたんです？」

「このところ、あんたのことでずいぶん肝を冷やしたんでな」

「いい施術があります」

「ほう……」

「熱燗《あつかん》が一番です」

辰巳はにやりと笑うと立ち上がった。

彼はドアを開けて言った。

「おおい、真理ちゃん。先生がごちそうしてくれるそうだ。飲みに行くぞ」

はあい、という真理の声が聞こえた。


（本作品はフィクションであり、実在の個人・団体などとは一切関係がありません）

この作品は1993年2月徳間書店より刊行された『賊狩り 拳鬼伝2』を改題しました。

徳間文庫

渋谷署強行犯係

義《ぎ》闘《とう》

2008年11月15日 初刷
2009年4月1日 3刷

著者 今《こん》野《の》敏《びん》

発行者 岩渕徹

発行所 株式会社徳間書店
東京都港区芝大門二―二―二〒105―8055
電話 編集〇三(五四〇三)四三五〇
販売〇四八(四五一)五九六〇
振替 〇〇一四〇―〇―四四三九二

印刷 本郷印刷株式会社

製本 株式会社明泉堂

ISBN978-4-19-892880-3 (乱丁、落丁本はお取りかえいたします)

徳間書店

動機	清水一行
動脈列島	清水一行
小説兜町	清水一行
絶対者の自負	清水一行
系列	清水一行
冷血集団	清水一行
相場師	清水一行
勇士の墓	清水一行
女教師	清水一行
器に非ず	清水一行
一瞬の寵児	清水一行
敵対的買収	清水一行
重要参考人	清水一行
狼でもなく	志水辰夫
深夜ふたたび	志水辰夫
夜の分水嶺〈新装版〉	志水辰夫
尋ねて雪か〈新装版〉	志水辰夫
バスが来ない	清水義範
MONEY	清水義範

炎都	柴田よしき
禍都	柴田よしき
遙都 渾沌出現	柴田よしき
蛇ジャー 上	柴田よしき
蛇ジャー 下	柴田よしき
激流 上	柴田よしき
激流 下	柴田よしき
カリスマ 上	新堂冬樹
カリスマ 下	新堂冬樹
溝鼠	新堂冬樹
三億を護れ！ 上	新堂冬樹
三億を護れ！ 下	新堂冬樹
熱球	重松清
KAPPA	柴田哲孝
ぼくらの第二次七日間戦争	宗田理
再生教師	宗田理
ぼくらの第二次七日間戦争 グランド・フィナーレ！	宗田理
流星航路	田中芳樹
ウェディング・ドレスに紅いバラ	田中芳樹

アップフェルラント物語	田中芳樹
銀河英雄伝説 1 黎明篇	田中芳樹
銀河英雄伝説 2 野望篇	田中芳樹
銀河英雄伝説 3 雌伏篇	田中芳樹
銀河英雄伝説 4 策謀篇	田中芳樹
銀河英雄伝説 5 風雲篇	田中芳樹
銀河英雄伝説 6 飛翔篇	田中芳樹
銀河英雄伝説 7 怒濤篇	田中芳樹
銀河英雄伝説 8 乱離篇	田中芳樹
銀河英雄伝説 9 回天篇	田中芳樹
銀河英雄伝説 10 落日篇	田中芳樹
銀行人事部	高杉良
大脱走	高杉良
管理職降格	高杉良
明日はわが身	高杉良
挑戦つきることなし	高杉良
懲戒解雇〈新装版〉	高杉良
小説 新巨大証券 上	高杉良
小説 新巨大証券 下	高杉良